主编　凌翔　　　　　　　当代著名作家美文自选集

遥看那片绿

刘春燕　著

民主与建设出版社
·北京·

© 民主与建设出版社，2019

图书在版编目（CIP）数据

遥看那片绿 / 刘春燕著 . —北京：民主与建设出
版社，2019.12

ISBN 978-7-5139-2778-9

Ⅰ . ①遥… Ⅱ . ①刘… Ⅲ . ①散文集—中国—当代

Ⅳ . ① I267

中国版本图书馆 CIP 数据核字（2019）第 248108 号

遥看那片绿
YAOKAN NAPIANLÜ

出 版 人	李声笑
著　　者	刘春燕
责任编辑	周佩芳
封面设计	陈　姝
出版发行	民主与建设出版社有限责任公司
电　　话	（010）59417747　59419778
社　　址	北京市海淀区西三环中路 10 号望海楼 E 座 7 层
邮　　编	100142
印　　刷	唐山楠萍印务有限公司
版　　次	2020 年 1 月第 1 版
印　　次	2020 年 1 月第 1 次印刷
开　　本	710 毫米 ×1000 毫米　　1/16
印　　张	13
字　　数	200 千字
书　　号	ISBN 978-7-5139-2778-9
定　　价	49.80 元

注：如有印、装质量问题，请与出版社联系。

目　录

第三辑　红尘温暖，只因有你

第四辑　行走在这座城市中

第一辑　你若懂我，春暖花开

背影

豆蔻年华，有幸与朱自清先生的散文《背影》相遇，文章将一位饱含爱心与不舍的父亲之背影刻画得淋漓尽致，曾让我感激涕零，也曾让我念起父亲的许多好处，文中的父亲背影略显佝偻，而当时，我的父亲还未达到那个程度。

时间如白驹过隙。父亲的女儿初长成，不属于那种可人的标准，却也很智慧。跻身于感性女子的行列，行走在岁月长廊上，风风雨雨度过几十个春秋，与墨香为伴，和文字相随。因而，心思也愈加细腻、敏感起来了。可是，适合穿越到大唐的我，多了几分丰腴，不得不与平镜、美照远离，唯恐伤了那颗易碎的心。

曾几何时，就羡慕偌大的波浪卷发，在平顺的美脊上跳跃，宛若波涛，犹如精灵，像一个个音符有机组合后，诞生一支支妙曲。然而，遗憾的是，我的头发总不见长，捧着一颗怦怦跳的心焦急等待，谁人能知？我的心愿淹没在时间里，唯有静心等候，细心护理青丝，希冀能有一头乌发，超过肩膀而齐腰，那是怎样的一个飘逸啊？或许，是老天洞察到了我的心思，历经十载，终见青丝及腰。一缕缕，一丝丝，在阳光的沐浴下显得乌亮，早已超过了镜面的光亮度。就这，我还不满足，移步至凤凰湖畔，将头发全部捋顺，放在一个肩膀上，偏着脑袋，欣赏着自己的倒影。果真是漂亮的、俊逸的，为此，欣喜若狂的神态溢于言表。

为了不辜负这美妙的倒影，不辜负一段虔诚的等待。我果断决定，冒险去一趟影楼，留下我最具魅力的影像。当美女给我拿来一款中国风衣服，竟发现腰身不知去了哪里。于是，刚才的兴奋随之烟消云散，取而代之的是沮丧。不过，那美女倒也贴心，急忙为我换上一款对襟古典裙衫，藏匿肚腩，略显曼妙的身姿呈现出来了，这才让我得到一丝慰藉。之后，在摄影师那里见到了我的照片，还是让我不够自信，哪有那么丰腴的江南女子？又不是富家小姐，我乃贫民之女。也许是摄像师看穿了我的心思，拨动鼠标，稍作修饰，倒还看得过眼。

大概是受了刺激，我很久都不敢提照相之事。春去夏来，花红柳绿的季节擦肩而过，因没能好好地享受大自然的恩赐，而感觉有些愧疚、遗憾。趁着初夏细雨丝丝的天气，撑一把素色伞，让一头烫着大卷的乌发随意地披在背上，随着轻盈的步履，颤悠悠地舞动，像舞步翩跹的女子，划过一个个美丽的弧度，高雅而醉眼。忽然间，不知谁在我的身后，说了一声："这背影还不错！"

借着这一声赞叹，我找回些许自信。想试着照一张背影，恰好能扬长避短，免去肚腩抢眼之烦恼，露出曼妙的后腰。想到这里，我的心开始沸腾了，愿意继续请人拍摄。一袭小黑裙更是勾勒出了女人侧身的弧度，一把白边透明雨伞，一双黑色的高跟鞋，一头波浪卷垂下，显得高贵典雅。给我照相的朋友惊叹不已，大意是说，大唐女子竟也懂得"窈窕淑女，君子好逑"的内涵。先不论褒贬，单就这一声惊叹，足以让我心安了。不知道这些是不是勾起了我照相的瘾，回去换上花裙，又来拍下几张背影。

等到照片送到我的跟前，我仔细地欣赏，品味，感悟。经过这一过程，认为人的自信源于一种角度，一种心态，一种呈现的方式。别再质问苍天，为何对自己这么不公平。殊不知，一切都是公平的，一切也皆有因缘。大概是我经历了红尘中的许多琐事，才让一颗浮躁的心渐渐沉淀下来，腾出一些时间去悟"万事皆有缘"的道理。

一花一世界，一叶一菩提。那么，一个人，一种状态，一种风景，亦是一个世界。人和景皆是自然界最佳的组合，一动一静，也都是有灵性的，直面对话，心灵相通。久而久之，人景合一，成就一段佳话，不仅是陶冶情操，净化心灵，更重要的是，激发人们要懂得自信向上。

校园里的背影代表着一种青春和雅致，那么，湖畔长堤上的背影又是怎样的一种情怀呢？一向有着旗袍情结的我，虽居住在小城一隅，但也有一种自认为最享受的时候：换上有着烟雨江南情调的旗袍，在山城凤凰湖畔的柳堤上漫步，将愉悦的心情漫延……

夕阳西下，依依碧柳，随风摇曳，似乎在招手欢迎我的光临。情调浓郁，温馨萦怀，浪漫当头。既来之，则安之。今天，我不再撑伞了，带着一颗素心，借助一双素手，轻抚柳梢，忽然想起了那句"月上柳梢头，人约黄昏后"的诗句来。这背影留下的又是一种情调。

走了一阵子，觉得有些累，便凭栏远眺。凤凰湖对面的山体苍翠欲滴，湖面上的廊桥将古典与现代的元素融合。近观，湖中的几只游船来来往往，将时光和温情紧紧糅合。面对这些，我醉了，确切地说是迷醉了。谁说这座被誉为"水韵江南"的山城，没有情调？我旁若无人地吟诵"碧柳摇曳千年梦，廊桥联通万人城。凭栏远观眼渐乱，谁人留影此景中？"路人中有驻足的，干脆拍照加录像。当面让我看照片，我发现凭栏的背影那么地美，一种朦朦胧胧的美。除了曼妙的身姿，还有一种融入风景的意境和情调，醉心的感受油然而生。

不光是我醉了，就连给我拍照的路人也醉了，他说，自己从来没有感觉到背影美，尤其是女人的背影，一个书香女人的背影这么迷人醉心。一时间，我的脸上泛起了红晕，不知道说什么是好。他又说，今天的偶遇，就是缘分，约我去喝杯茶，算是感谢背影搭桥，让我们相识。受人之邀，怎好拒绝？

落座后，他说书香女子的背影有着一种与众不同的韵味，就像这杯中的香茗，需要懂它的人和喜欢品茗的人，慢慢品，细细体味，才能明白"淡雅"的含义。"淡"，是一种心境；"雅"，是一种气韵，两者结合在一起，则是一种高度，一种格局，一种境界。我聆听着他的一番话，心里有一种恰逢知音，相见恨晚的感觉。经过一番细嚼之后，感悟到背影也罢，万事万物也好，都有其熠熠夺目的一面，只是不知道你是否拥有一双发现美的眼睛，是否拥有一颗智慧的心。

⋯⋯⋯⋯

估计着有一天，我的背影也会成为朱自清笔下那个父亲的模样。不管孩子怎么看待那个时候我的背影，但是我想保持着书香女人的气韵，即使到了那个阶段，我的背影也是一段流淌着香气的风景。因为我拥有了现在的背影，便拥有了自信。想到这里，举步回家，去看看自己的老父亲。未曾走到地里，远远地就看见父亲的背影。那是一个正忙于赶鸭子的老农的背影，折射出一种朴实，一种敬业，一种令人感动的爱。

背影里包含着更迭的四季、人间冷暖、坎坷与平顺、欢乐与痛苦⋯⋯拥有不一样的背影，就会拥有不一样的人生。

善待背影，善待自己。

感悟翠竹

　　幼时，我记得小鸡的脚印就特像竹叶。那是一种美的比喻，那是一种骨干美的象征。所有那些具有真正意义上的骨头，都赋予了一些强劲，赋予了一些迎风沐雨的魄力，赋予了顶天立地的刚性美。

　　翠竹，你"宁可折断也不弯曲"的精神，在狂风暴雨中依旧挺立，令我深深敬佩，深情仰望。在你的人生字典里，根本就没有"弱不禁风"几个字，像是愿意把一切都扛住，包括一些灾难。因为你根本不惧怕什么，脑子里从来不知道什么叫惧怕。这种大无畏的精神，曾经激励了多少仁人志士，为正义勇往直前。

　　"物竞天择，适者生存"的道理，世人皆知。可是，多数时候我们见到的是那种像狗尾巴草的人，探头探脑地站在墙头，左右摇晃，失去了自己应坚持的勇气，更无标准可言。

　　缕缕清风，你撩起的如发梢的瘦叶，同风儿合舞，身躯依旧挺立，笑傲风雨。竹林间，空气格外湿润，清新，似乎将飘浮在空气里的尘埃浸润，不再悬浮，却将这满怀的正义和真诚予以彰显。一种正义力量，压制了那些邪气，这是一种净化剂，强大的荡涤能力，怎能让这污浊之气存活于世？

竹林，这么清幽的地方，让我想起杜甫的《茅屋为秋风所破歌》里描述的南村群童，抱着老人家茅屋上飘下的草儿，一边回头看着他倚杖叹息，一边疾步奔向竹林的场景。就连孩童都知道，竹林很幽美，且是捉迷藏的最佳去处。大致可以想象一下，翠绿的竹子，暗黄的茅草，那是一种浓与淡的较量，那是一种爱与弃的较量，那是一种荣与枯的较量……

翠竹虚心有节，君子朴实无华。一种夙愿，一种雅致，一种境界；走了一段路程，看了一段风月，悟出一种道理，懂得生命就应像这竹子，将日月精华融于体内，成为一种流动的气韵，一种内涵，一种修养。人的生命之星，一旦陨落了，就什么机会也没有了。然而，翠竹身上四季常有的果敢，使得那些在生命面前退却的人，顿悟许多，像是有了更大的气力，愿意重新站立，将自己的余热，全部用于演绎生命这一件事情上。

朝阳东升，夕阳西落，这是自然规律，红彤彤的半边天，染红了眼眸，染红了江河，可是，也就是朝夕一刹那的绚烂而已。而这翠竹，静守流年，将一腔真诚化作终年的坚持。

直插云霄的翠竹啊，你虚怀于内，正直于形；假如要做抒怀的笔杆，那也会点点画画写出大大的"人"字。因为你是豪迈的竹、顽强的竹。寒风袭来，你变作缕缕清风；丝丝清风在竹丛间漂流，不久又化作一片翠绿的茁壮。多少个寒来暑往，多少个风晨雨夕，你经受了雨雪风雹的考验，却更加坚毅了；你腰板直了，枝叶密了，绿色浓了，性格愈加爽朗了。尤其是在寒冬，你面对冷风凛冽，却没改变自己的站姿。身材笔直，傲视风雪，愈加增添了你的伟岸；你清瘦的面庞，喜迎八方来宾，更让人感受到你宽广的胸怀；你终年翠绿，更使人们坚定了一种信念，一种坚毅，一种执着。

素来不喜欢浓郁香气的我，却爱将鼻翼留恋在幽幽清香里。那种淡淡的，若有若无的香气，随着清风徐来的步履，才会有一种缥缈的香，飘逸的动感美；在风儿停歇的间隙，却让我调动了刚才储存香气的细胞，追忆、寻觅那阵阵清香。这种感觉，真像是自己已幻化成仙女，以竹为伴，以香为美，淡然静安。

　　…………

　　已近不惑之年的我，对你——翠竹的情分，有增无减。

　　岁月匆匆，红颜渐衰。随着阅历的增多，心理渐见成熟，沉淀了我的淡雅，我越发喜欢你，更加崇拜你——翠竹：顶天立地的气质、虚怀若谷的胸襟。我愿意静静地紧偎在你的怀抱，感受你的风骨意蕴，聆听你的无言教诲；我愿意与你携手成长在每一步里，与你一起笑迎风霜，笑看流年……

与闺密结缘

　　人，都是带着哭声，来到这个变化无穷的世界。一生中，会经历多少苦难、微笑、幸福，谁能说得清？身处滚滚红尘中，作为一个柔小的女人，并非能够承受一切，需要一个倾诉对象，或者是一个心理援助，为此，在兴趣相投的基础上，便有了更深一层的交往，日积月累沉淀下来，就变成了形影不离、无话不说的"闺密"。

　　那年，我高考落榜，家人气愤，我便跪谢父母，卷上两件单衣，离家而去。迷茫至极，几经辗转，最后求得一处落脚。时值寒冬，我只有两件旧得发白的衣衫。薄衫怎敌风霜？薄被怎能御冷？夜晚，我蜷缩成团，冻醒几回，只盼天亮。白昼，羡慕姐妹们棉衣在身，驱寒送暖。欣慰的是，还有灶房里的热炉顶着，却不敢出门，否则，便会缩颈行走，个子减半，毫不夸张。

　　那时的你——我的闺密，已被"内招"，但因志趣相投，你主动问寒问暖，送来旧棉衣两件。虽说不是新的，可是对于我这个柔弱女子来说，已足矣！当时，我对你伸来的援手，心存万分感激，一来可以御寒，二来也算赶时髦了。那时我家里人口众多，收入寡少，囊中羞涩，身无分文，"可怜身上衣正单"，便是我当时的心理感受。恰在这个骨节眼上，你挺身而出，雪中送炭，让我暖融融地度过了那个寒冷的隆冬。

白雪皑皑，银装素裹，白蝶飞舞之时，翩翩飘来你的身影。那时，我的生活就像是寒潮来临，恰在这个时候，你就像一缕阳光，照射我的心窗，暖融我的心扉，让我的心空云消雾散，明媚晴朗起来……

人，只有经历了坎坷曲折，才能更体会到友情的弥足珍贵。它犹如溪水，只有在岩石处，才能奏出欢畅悦耳的乐曲；它犹如行走在沙漠里的骆驼，见到绿洲，才会心存满满的希冀。

和闺密在一起经历过风风雨雨，屈指而算，已逾二十载。我们彼此心理照应，精神上支持，相互搀扶着走过每天。闺密的性格偏于内向，常人不便沟通，可是，和我从未有隔阂，心扉敞开，纯情而自然。

回首走过的曲曲折折的历程，倒是让我觉得，你是我心理上的依靠。踌躇纠结之时，我便第一个想起你，与你促膝交谈；春花烂漫时，我们携手踏青，山径上留下我们足迹片片；夏荷清幽时，我们荡舟闲游，仰面数星辰，笑声阵阵；秋风渐起时，我们挽手仰望赏景，别有情趣；冬雪纷飞时，我们挽手旋转曼舞，与白蝶游戏，其乐无穷……

谁晓得，明朝景色是否依旧美好？可是在我的心里，总有一种祈福——你若静好，我便心安！我不是你的郎君，却很如意；我不是你的情人，却很甜蜜；我不是你的亲姊妹，却很真挚。这样的纯情，这样的优雅，这样的情调，不正是一个善良、淡雅女子所追求的？

青春易老，苍天不老。白落梅曾经说过："如水的岁月，如水的光阴，原本该柔软多情，而它却偏生是一把锋利的尖刀，削去我们的容颜，削去我们的青春，削去我们仅存的一点梦想，只留下残缺零碎的记忆。这散乱无章的记忆，还能拼凑出一个完整的故事吗？"在和闺密的朝夕相处的日子里，没有更多的禅意，也没佛学思想，恰恰就是这最质朴、最纯真的情感，在点点滴滴的相互关爱里，慢慢地沉淀着、升华着。缱绻流年里，总有快乐的影子在跳跃，不仅充盈了我的眼眸，更充实了我的心怀。

也许，并不在意相见如初的眷恋，只是在意最初的愿望能否成为一种境界；也许，并不看重你头顶的光环，只是关心你的身心健康；也许，并不喜欢你忧郁的神情，只是愿意与你分担寒潮，共享霓虹。舒婷愿意做一株橡树旁的木棉，而我愿意做你的心香一瓣，与你相依相偎……

我们一定不是情侣，但常有"心有灵犀一点通"的惊喜。即便是这样，我们也不惊诧，那是缘于在时间的沙漏里，我们早已经有了天缘的约定。

和你心心相融，是一种和美，是一种神韵，不光是志趣相投，那是心曲的和谐，才可同悦，才会共鸣！每每在别人投来艳羡的目光时，我的脸上总漾着一抹惬意，自豪的笑容。那是一种独特的幸福感，不同于凡尘里的友情，它浓缩了精华，沉淀了厚度，提升了境界，怎教我不倍加珍惜？

一路走来，四季更迭，雨露风霜交替，晴日阴天轮换。岁月沧桑的缝隙里，验证了我们的友情。这种友情，非爱情，胜过爱情。一生中，有一个闺密，相随相伴，相濡以沫，便是一种难以言表的幸福。走在往昔光阴的长廊里，总见鲜花丛生，鸟语虫鸣，蜂飞蝶舞，诗情画意。只因，这里有你——我的闺密！

致女人

1

青柳依依，涟漪圈圈，蝉噪蛙鸣，唯独缺了人，男人还是女人？我依然觉着女人的阴柔之美更应景，一切柔软的线条，都映入眸中，宛若流云片片……

年近不惑的我，出生在北方秦岭以南的一座山城。随着这几年旅游的兴起，这里被打造成"水韵江南"的气质县城。恰巧与我的追求——做个江南女子相吻合。这更让我思绪飞扬，不由得改变了足不出户的习惯，移步于楼前的凤凰湖畔，尽享这份柔和清馨。

四周霓虹闪烁，影子斑驳，恍若流年里的痕迹。一湖碧波上，几只大黄鸭，文质彬彬地注视过往之人，不论主人还是过客。

置身其中，倒让我学会了偷换概念，想起了郑愁予的那首《错误》："我打江南走过，那等在季节里的容颜如莲花般地开落……"

此江南虽非彼江南，但我依旧喜欢这里。柔柔的风，柔柔的水，柔柔的影子。那倒映在清澈湖水里的影子，让我迷恋。

流水不腐户枢不蠹。没有哪段柔软的东西，能被刚性之物而割断。女性，乃温柔之代名词。"柔"是建立在温和之上的，从外形到内涵，都要不温不火、不急不躁。柔软的细丝飘逸，给人以动感，引发许多美好的遐想，使得思绪就像一匹野马驰骋在西伯利亚，真正达到"海阔凭鱼跃，天高任鸟飞"的境界。

青丝飘扬，衣袂起舞，心花绽放……这一切的一切，不就是一种大收获？因而说，女人温柔是对的。

说起温柔一词当中的"柔"字，那更是耐人寻味的。把长矛放在木上，两件物品有差异，前者有刚性，后者则是有韧性的。柔韧之物可破坚硬之强劲。万事万物的道理都是相通的。古人早已下定义，女人是以阴柔为美的，那么就将脾气放得温和点、柔软些。

男人再大的火气，见到温柔的女人，自然消退几分。有人将温柔、娇气的女子称为"小女人"，恰是这种女人，抢尽了"风头"。相反的那种"女汉子"，则未必那么幸运了。

女人温柔之性，宛如一朵鲜花，或是含苞欲放，或是笑颜绽开，都足以让男人驻足专注，甚至久久不肯离去，不仅仅是花型、花色好看，最主要的是，香气醉人心脾，细胞里沁满了淡雅的香味，骨头恐怕亦随之酥软了。

当然有些君子风范的男子，不忍折损娇颜，只能在脑海里回顾那温柔的秋波、迷人醉心的笑靥。眯着眼睛，想着，想着，嘴角开始上扬，露出了自认为最幸福的笑容。

更有甚者，患上了相思病。"愿君多采撷，此物最相思。"这种情结，对于单身贵族是幸福的，而对于已婚女士则是避讳的，也许就没有那么幸运了。时间久了，男人经不住外面世界之诱惑，拂袖而去，留下女人泪涟涟。

生活本就是存在于男人和女人之间，美丽以女人为中心，男人大谈女人之美，温柔是必要且充分的条件。做一个温柔的女人，有何不好？

不妨让我们一起憧憬一下这样的温馨场景：太阳依然东升西落，一对爱人紧牵子女的小手，同看流年里的风景，不同的声音都在渲染一种爱的力量。江水东流，琴音阵阵，一家人沉醉在其中，恍若成仙……

2

"腹有诗书气自华"，这是有道理的。别叹息书读得少，只要你每天坚持读一两页，若干年下来，便会缔造一个壮举，做了自己一生最了不起的事情。一个女人，过去曾经是"女子无才便是德"，今天，独立女性、智慧女性，越来越多，早已不满足于那些所谓的"三转女人"之标准了，也有不愿做花瓶、药瓶、醋瓶的女人。她们愿意花费时间来读书，不是每天一两页了，而是多倍的。

聚沙成塔，集腋成裘。沉淀下来的是美好的，是重量级的收获。久闻文字的香气，自己也喜欢上了文字。偶尔还在灯下小写几篇"豆腐块"，吐露心声；煲几钵心灵鸡汤，浓缩人生，沉淀精华。

人有千万种，倘若游走在闲人之间，哪来的气质？倘若沉沦在庸人之中，又何来精华？

行走在气质中的女人最美。是一种从外到内的修养提升，从平淡、索然无味的生活，到品质不寻常的层次，便是一种修为。

气质是一种智慧，于点点滴滴细节中；气质是一种个性，造就出与众不同的韵味；气质更是一种修养，洗练出超凡脱俗的"女人味"。漂亮仅仅是女人的外表，而气质则是女人的灵魂。

杨澜的气质，几人能及？虽说有些人气场不错，可终究还是少了代表精华的东西，显得有些造作，失去了本我的需求。要活得有品位、有质量，就得行走在气质中，让这朵永不凋谢的花朵，长年累月绽放在最高处的枝头，让它的光芒永远普照女人的心田。

韶华易逝。没有理由挽留那些属于时间的东西，但我们有权利主宰我们自己的生活行程及生活品质的取向。尤其是女人，在这个浮躁的社会里，倘若跟着一起浮躁，不去思考，那将是一塌糊涂的生活状况。

叶芝说过，当我们老了的时候，坐在炉火旁，还能看书，那将是一种崇高的境界。留在光阴长廊里的影子并不多，能静心停驻在墨香里的女人，至少说是一个优雅的女人，有梦想的女人，有追求的女人。

去那些教堂里看看，教徒中有人不识字，他们都愿意接受读书这一变相的学习。牧师教，他们则虔诚地学，后来对于有学问的人，他们大为尊重。见了喜好读书的女人，更是尊重且夸赞。

有气质的女人何止千万，古今中外，不胜枚举。

她们的出场，无疑就是一道最亮丽的风景线，很有纵深感，远比那些浅薄世俗的女人更有韵味。她们吐气如兰、温婉典雅，举手投足之间，彰显着一种独特的优雅。她们有什么制胜法宝呢？毫不讳言地说，气质占了相当大的份额。

文房四宝，她们可能不全会；琴棋书画，或许也是一知半解；衣食住行，或许刚能应对。可是这些并不重要。在她心中欢喜或者情绪低落之时，抚琴，寄情于笔端，也是一种文雅的抒情之法。

素莲朵朵，碧叶铺开，清水在叶下潺潺流淌，融心于这样的意境里，气质女人将一腔相思铺洒在弦上；丹枫初染，天高云淡，来一曲《高山流水》，别样的舒畅。

远比那些因心情不好，饮酒三千杯，醉卧某地，一觉醒来不知身在何处要温婉许多。气质女人，处世态度绝非一般，不会吵闹不休，不会骂街，她会用一种内涵来化解那些痛苦和委屈。因为她知道"忍一时风平浪静"的训诫，明白"吃得苦中苦，方为人上人"的道理。

男人倘若遇到了气质女人，那是你前世修来的福气，且行且珍惜。她懂得接纳和容忍，会省心许多。她懂得生活是一种气质，一种品质，一种修为。

做个气质女人，也是我今生的追求。与天下女人一起赢得最后的胜利，同看最美的风景，静享生活里最优雅的情调、最高贵的品质……

有一种深情，叫责任

大千世界里，男人宛若一座山，给了女人力量感、安全感和依靠；男人像是一棵树，总是给妻小遮荫纳凉；男人坚实的肩膀，扛起许多责任，才使得女人骄傲。

责任，是一种担当，一种气魄，一种魅力。自古到今，男人的"男"则是七画构成，上"田"下"力"。意思大概有二：其一，总体上来说，一个家庭中的男人占七分，包括情感投入、经济支持、责任分担等；其二，要有力气的男人去广阔的田地里劳作，才配做男人。今天随着社会分工的细化，完全可以把田地看作成就一番事业的土壤，至于播种何种作物，那就视个人情况和爱好而言了。

爱，是建立在男女信任的基础上的。因为有爱，才将缘分升华，组合了一个属于二人世界的乐园，之后，又有了孩子，便成了一个完整的家庭。人多了，家里的事情也就多了。生活的情调，很大程度地被琐事磨平，甚至褪色。倘若男人懂得担当，愿意引领妻小向前。那么女人则会仰视自己的男人。

这样的状况，女人觉得幸福，逢人便夸赞是自己前世修来的福分，拜谢月老赐得一段良缘，或者说是亿分之一的概率，还被自己碰上了。说话间，眉飞色舞的神情，令其他女人羡慕，令自家男人自豪。

有自豪感的男人，底气十足，腰杆子硬，气魄自然就渐渐地展示出来了。男人的精、气、神，少一样都会萎靡不振，无形中就等于女人欣赏男人的同时，给了他信任，给了他力量。这种力量是互生的。女人为阴柔之性，而男人则属于阳刚之列，这一阴一阳，才使得元气满满，无懈可击。

男人喜欢他的女人欣赏自己，这就说明自己爱的女人一颦一笑，都会让他心有感应。换言之，女人在乎这个男人，才会欣赏他，而作为喜欢这个女人的男人，又怎会感觉不到呢？

魅力，在男人的身上，不是什么国际品牌的产品能包装而成的，更不是一朝一夕、一蹴而就的。那是接纳和吸收天地之精华、日月之灵气后，沉淀下来的一种内在的吸引力。犹如一颗陈年玉石，泛着光泽，通透、水润，把那些年曾掩盖的光华，最后逐渐展示出来。又宛若一坛陈酿，埋在地底下多年，打开之后，却是酒香千里，怎一个"美"字能敌？

男人顶半边天。他的责任心，是引领妻小确定或微调世界观、价值取向、人生观导向的重要人。没有他这只"领头羊"，家庭有可能是一盘散沙，或者说是沙漠里行走的骆驼，航海上的船儿，任凭风吹雨打，骄阳暴晒，依然只能引颈奋力向前，向前……

千百年来，男人总是女人头顶上的一片天。风雨变幻，阴晴交替，四季轮换，不同的风景，影响着不同的家庭。

倘若遇到一个没有责任心的男人，无形中把女人逼到了前沿阵地，减弱了或者取代了男人的地位。因为她深知，自己的男人没责任心，自然就不会分担什么的，只会埋怨女人的要求太高。

曾记得春晚有一个小品，说什么错事坏事都赖爸爸。猛然听起来有些太无理取闹，不近人情了，甚至大多数人说能说这话的儿子绝对是个忤逆之辈。这一棒子打下去，无疑就给这儿子贴上了标签。若静心剖析，"赖爹一说"还是有几分道理的。说明这个男人责任心不够，为何没有做好"领头羊"，而让孩子学得一身坏毛病？为什么没有做好时代分析，做好家庭建设的定位？

责任心，让自己的能力得以彰显，让家庭的和谐度得以提高，让妻小欣赏男人的目光更为持久。这种潜力是不可估量的，总会给自己乃至整个家庭带来无限风光。一荣万荣，培养了孩子的自尊心、自豪感，当然也包括男人自己的成就感。

男人的征服欲本身就强，带着责任心的男人，一旦征服了事业，取得了丰硕的成果，不用想象，鲜花、美女、香吻、豪车一应俱有。可是也奉劝男人切勿忘本，这些都是源于懂得欣赏你的女人。

闲暇之余，一家三口去海边踏浪，是不错的选择。男人会感觉到心胸应该跟大海一样宽阔，看潮起潮落，无须惊恐，不过也得感谢这白色的浪花，造就了别样的美，才使得眼眸更为震撼，人生才更有意义。男人的征服欲、自豪感此刻会更强。

站在山巅俯视，看到河川从脚底流过，可是头顶上还有鹰击长空的画面，而显得自己如此的矮小，不由得给自己加压使力，重新站到一个平台，站到一个新的高度。回顾，反思，寻找新的切入点、合适的介质，以求快速、高效地步入新的台阶。

那种有责任心的男人，不说是人间极品，至少是精品。他懂得品味，懂得从容的含义，敢作敢当，敢于面对生活。不推诿，不掩饰，不躲避。

和那种丧失责任心的男人相较之下，光泽感更强，那些"小男人"式的男人，或许有些自惭形秽。躲在女人的身后，不敢出来，唯恐远空嘲笑，艳阳烤焦了他的人、他的心。

敢于顶天立地、堂堂正正活的男人，才叫"大男人"——汉子，或者说是纯爷们。有一种坚韧当中的刚性，百折不挠，使得他们遇事能独当一面，成为能为妻小或者家人遮风挡雨的男人。他身上自带一种绮丽的光环，暖暖的，舒心的。家人在那些温暖的光线集合的沐浴下，静享经年里最美的风景……

因为有一种深情，叫责任！

你若懂我，春暖花开

1

一抹秀雅哗然而过，众人回眸，凝视良久，啧啧称赞。前面女子步履轻盈，她依然继续向前，心里平静，缘于这样的美景，不是头一遭了。

我虽不是窈窕淑女，但也是丰腴之态，柔美静好；虽不是羽化成仙之人，但也气韵不凡，流淌着一种独美；虽不是倾城美貌，但也是牵引人眼，心潮澎湃。在闲适里漫步，任凭时光翻跹，岁月缱绻，仍从容淡定。静看云舒云卷，闲看花开花落，聆听风来风去。不伤春悲秋，不叹息冷暖。

春日里行走在春暖花开中，感受樱花和梅花初绽的俏丽清新；夏季醉卧白莲池畔，享受水墨的淡香，吟诗作赋；深秋，静卧木榻，同听红叶歌唱、私语，心情也倍感舒畅；冬雪打红梅的声音绝妙，魅力无穷，烹炉煮茶，捧卷诗词，软卧在摇椅里，品茗闻书香。

身处江南或者北都，亦离不开风景的美好。滴滴雨儿，映出世间万象；片片叶子，飘在何处，都承载一腔情思；缕缕清风，拂面清心，荡涤污浊。大自然的恩赐，不论风雨还是晴日，亦是情趣横生。懂得生活趣味的人，满眼都是"乐"字。

　　我心里异常激动，着一袭轻纱，旋舞在风里。红日下，张怀拥抱美好，琴音蝶衣，吟诵曲赋，浅唱晚歌，不负光阴不负卿。可是，我心上的人儿，你可曾读懂我的心怀、我的情愫。你会用世俗的眼光看待我的痴恋、我的疯狂？不，我不喜欢亵渎美好的人，不喜欢破坏静谧的人。所以，我相信，你若是我的知音，定会懂得我心灵深处的热爱与钟情。

　　李清照喜欢文字，我也喜欢。我虽不及她，但却在静谧中体悟大自然的博大，感受人生的冷暖百态，神悟禅味人生精华。

　　香粉裙裾是女人所属所爱，我也不例外。在书香当中，气韵雅致全出，将深层的美，扩大提升。

　　你，慢慢地靠拢我，走近，走近，走进我的心，驻在我心底。我便有了你，从此双双出入，成对而来，相偎相依，不再孤单。这点，我远比易安居士要幸运得多，可以和心爱的人相伴，希冀一起慢慢变老。

　　不追求富贵，但需要温暖；不渴望拥有高官厚禄，但需要心心相通；不奢望一朝成龙成凤，但期盼爱恋依旧。你若懂我，便是最好。

　　三千里繁华，你我需要几许？五百年的缘分，你我能锁住几分？细细品味我们的日子，就像一杯西湖龙井，才慢慢地有了优雅的味道，越品越香，清香淡静。男人如茶，女人如书，人生如棋。

　　一盏茶，一卷书，一局棋，是何等的美妙？能够拥有这样的意境，那是何等的幸福。生活的品味和境界全出。

　　你若懂我，我心中有许多感动。娇柔之性，才会舒展。愿做一棵木棉，地上的枝条和你相拥，地下的根系和你相交。我们邂逅的时空，不管几百年，都无法绕开我们爱的隧道、情的沉积。

你若懂我，晴日也会明显增多。一线纸鸢，在远空飞翔，时而昂头奋进，时而缠绵回望。眸子里噙满深情，借用那一根线，紧紧地将你我相连。满满的故事，写满纸鸢，确实浪漫，自由自在，终会有归宿，有眷恋，有疼爱。

你若懂我，情意绵绵，心花怒放，一通百通，一顺百顺。情到哪里，花开哪里，收获到哪里。蘸满温情，掬起水波，倒映出一对影子。灵感忽来，便有了美文，篇篇沁人脾，字字入人心。

真心使得顽石开，真情催得梅花艳。我满含期待的眸子，映着几个字："你若懂我，春暖花开。"

2

外面时起时落的鞭炮声，划过窗户上的玻璃，驱散了寒冬里的冷气，悄悄把节日的气氛渲染。空气里弥漫的是吉祥、欢乐、快意。

我坐在屋子里，早已经按捺不住激动的情绪，眼睛注视着对面墙上的电子表，心中怨叹："时间啊，你走快点，我要飞回家。"

把藏匿在心底的谢意，洋溢在眸子里，怀揣期待，匆匆的步履再次重来，三步并作两步，一路狂奔，直至车站。寒风掠过脸庞，带着一些嫉妒，残忍地划着柳眉粉颊。发梢在风里舞尽温柔，把脉脉含情一同带上，平衡心绪的功用此时已经初露端倪。

翘首东望，希冀那满载幸福的车辆能迅速地靠站，可是不解风情的公交，就是在那里晃悠，看来它的嫉妒心太厉害了。我真想拽着车头，增大牵引力，缩短回家的路，因为那是快乐的起点，幸福的终点。

到了餐桌前，四目相对，眼眸里浓浓的爱意，数秒后，便有了热度。周遭羡慕的眼光投向你：淡雅、高贵的气质女人就在你的身旁。两人的心语，彼此都已深深感到。

旁边桌子上的人儿相继离开，留给我们一个安静的空间：暖暖的吊灯泛出的光斜铺在你的面庞上，褪去了你的疲惫，给两鬓霜花染上一层浓浓的爱。

我注视对面的你许久，此时，你，那样地温暖，像是把心里积攒了许久的爱意释放，驱走了雪花的清冷。暖了一方，暖了"伊人"的心窝。

你把一钵暖汤递到我的手里，淡淡的幽香，顿时飘满整个房间。我抬头把谢意传递，你默然无语，把"有容乃大"诠释。重新坐定，包容，凝望。我心中满满的暖意，在这一刻却抑制得紧紧的，想留给你更多的空间。

严寒的冬季，却忆起我们相伴着走过十四个春秋，风雨同舟、同甘共苦，把两只孤雁聚拢，从南方到北方，我们不做候鸟，择良木而栖罢了。那个英姿绰绰的你，潇洒、沉着，曾经对着身着婚纱的女子许下诺言：今生今世，携手到老。

你远远地从南方飞来，一路上也许有过许多美丽的风景，可是任何娇艳之花都没能让你放弃北飞。

在你的心中，只有北方的一片树林子最为美好。你振翅飞翔，日夜兼程，顺利到达。而这个林子不够大，屋漏偏逢连夜雨，风起云走也经常。可是，我们并肩一起经历，筑造了我们的爱巢，并且在这里定居。

看看外面，那是一幅浑然天成的水墨画，墨染青山，丹枫如火，鹰击长空，鱼翔浅底。这一切的一切都在我们的静默不语中得以升华。

手中长长的竹筷捞起你我编织的梦幻，一头连着南方的你，一头牵着北方的我。相视一笑，暖暖的，很是满足，那是久久不能忘怀的爱意。一勺凝结着你的爱意的暖汤，同时也融进你的关心和呵护。每喝一口，便调动起心里集聚的热流，穿过每个细胞，把你浓浓的爱浸润。你的内涵，便是对我的体贴；我的感动，便是你给予的暖流。

没有星星的夜晚，你我心里却格外亮堂，和你剪烛相拥，又是一个促膝、默契的绵长之夜。同看一处景，共唱一首歌。

走过那些渺茫的日子，见到丝丝缕缕希望，尔后便光芒万丈，万物复苏，春暖花开。我们再一起静静观海听涛，闲看飞雪飘舞。那是因为有了你的出现，我的心里便春暖花开。

春天的脚步，款款而来，满怀温柔，涓涓溪流般的温情缓缓飘洒，浸透我的心怀，才有了春暖花开的美好。紧紧依偎的两颗心，如同鸟儿依恋，鱼儿同欢，人间的美妙也不过是"和美"二字。

春暖花开的季节，我们一起欢呼雀跃。在桃花盛开的地方，闲看流云，静观花谢花飞，放开纸鸢的牵绊，任由它凌云展翅高翔……

心灵深处，寻他千百度

1

淡淡的墨香，总是萦绕在我的心头，沉淀在笔端。一日不写，就恍若失魂落魄，少了生活的乐趣，甚或是当日生活的精华。

一头扎进去，便对身旁的琐事偶感，统统融进个个方块字。每日奔波于学校、家里两处，往返几十公里，不多不少。初见冬青开出白花，不禁让我的思绪飘飘然。只见过冬青碧叶，未曾目睹过它的花容月貌。远望，碎碎的花儿，很是圣洁，闲适写满花瓣，随意地镶嵌在绿叶群里，仿佛给它穿上一领碎花裙子，典雅且不失情调。我喜欢。

由此及彼地联想。今日我看天气预报，是阴天，便褪掉昨天的阳光系裤装，改穿风格依旧的裙子。不过，却是那种很庄重的风格，黄色的外搭与优雅的黑背心裙相搭配。那一抹海水蓝丝巾，又绕在了我的玉颈上，一身黑，被这两个对比色：黄和蓝而平衡，显得青春，又显得优雅、知性。

和眼前的那抹碎花裙子相较，显得风格迥异。这倒使我有些羡慕它了，那么惬意、舒适，不被任何枷锁束缚。相反，它激起了我写文的冲动。就这样，我身旁的一些生活趣事，也成了我激情澎湃、情感流淌的渊源。

在这优雅的墨香里，我宛如雨巷中的撑伞姑娘，淡淡地、悠长地回味美好的想象空间。真如一杯醇酿，谁饮谁知味，谁品谁醉心。我深爱这条并不知道路程有多长的巷子，只因它是一道泛着墨香的巷子。

清雅，是我的风格；如风，是我的希冀；抒怀，是我的真心体现。每每把文字连成章，希望他能出现。然而总是在期盼里盘旋，不见他落在文字上，他分明是一只飞鹰，眼睛明锐，但就是不愿意在墨香驻足。

不在乎，他是否欣赏这片风景；不苛求，他是否把这一切都看在眼里；不逼迫，他在有我思绪寄托的地方出现，然后慢慢地品读我的喜怒哀乐。可是我不否认，我的内心还有一点小小的愿望，就是希望他能透过淡雅的文字，读懂我的心思。曾经的读过，不能算是读懂；曾经的喜爱，不能代表永远；曾经的赞赏，不可能是永久的关心。

仰首，惊鸿一瞥，风景迷人，意境悠远；远眺，暮霭云绕在山巅，神奇无比，幻想联翩；幽篁丛生处，空弹古筝，谁人懂得我的心，反成了自娱自乐。一曲作罢，唏嘘一番，感叹人生苦短，红颜易老，美景易失。

俗尘中，无奈地接近庸俗，远离了清雅。只能在墨香里寻找，亦希望在墨香里遇到一个他——知己。能解我风情，能知我初衷，能懂我心怀。一起共剪灯烛，临窗听风赏雪，或小酌、或品茗，皆是彼此心心相融的印证。

滚滚红尘中，不同的人群，扮演着不同的角色。可是希冀能有一人，真正陪我一起徜徉在墨香中，嗅闻它的香气，体悟它的底蕴。不是浅表的，而是深入骨髓的、彻头彻尾的。人无喜好，百业俱废；人无知己，百花绚烂也徒然。

一座城，一原野，孤人守候，那是守候自己，凄楚和酸痛接踵而至。难道为打发寂寞，高声在旷野呼喊？奔跑？发泄？也许有人会说，即便是不怕别人不屑和质疑的目光，但内心终究还会充满孤单和寂寞。郑愁予说过："我的心，如小小寂寞的城，窗扉紧掩。"那是一种错误，自我封闭的错误。

欣赏，是一种高度，仰头的高度，仰视的高度。

为此，我不算大彻大悟，在墨香里嗅闻许久，但抬头的一瞬间，眸子里却噙满失落，何人懂得我心？

灯火阑珊处，却是街市的尽头。怀揣失意，侧卧软榻，梦里寻他千百度。

2

淡淡的雾霭，弥漫在天空，覆盖了所有的视野，包括已经到了秋季的枯山瘦河，还有那风情万种的柳条。纵然周边有着热烈的红枫，此时全部被一片阴霾笼罩，岂能有层林尽染的绚丽？岂能有几只秋雀的啼鸣？

清晨原本是敞开胸怀接纳新的一天的，如今心灵被雾霾笼罩，一切便沉入海底，任由你怎么去打捞。捞上来的是一网无奈和缥缈。顺手一捻，又化为虚无。那深情给予何处？给予何人？酝酿了一宿的精神，却只能搁浅了。

为了调整心态，给自己自信。依旧坐在临窗的平镜前，找到那个和自己一模一样的人，斯人独憔悴的模样，情不自禁地怜惜。可这又能如何？我稍作停顿，便开始了照例的浅描淡化，眉黛如柳叶，带上蓝绿的眼影，卷上一抹黑色的温情，增加了几许妩媚，卷翘的睫毛如同那俄罗斯女神。还嫌不够，顺便扫上粉色的梦幻腮红于双颊。两只嘴角微翘，一抹美丽的弧度诞生，终究是七笔勾勒出了一个香唇的轮廓，饱含了对世间诱人食欲的钟爱。

这双厚唇注定会对美食产生浓厚的兴趣。可是由于工作的限制，似乎没那么多充当食客的空间。只能在夜风入纱窗的时分，品一口红酒，举杯独饮，瞬间又让它在指间温柔地流淌，在喉间顺滑地溜走，在心底潺潺的穿过……吞咽些许寂寥，把刻在心坎儿上的文字寄情于指间。在飘飘欲仙的瞬间，泉涌如潮，当即付诸于键盘，算是对心灵的一种安慰，它可能也有着酸甜苦辣咸，还有着不可名状的时候。

偶尔也想换个口味——品茗，淡淡的悲哀被这温馨的柔情淹没并俘虏。干脆就躺在它的怀抱，仰望紫竹的高度，静心品读它的清雅。这时，忽然传来杜鹃的哀啼，估计是在吐血。《琵琶行》中的白居易将一支冷笛穿越时空，悲哀曲调飞过来，配上他的诗句，"杜鹃啼血猿哀鸣"那是何等地凄惨？而把白居易流浪之躯放入浔阳这潮湿的地方，不会发芽，只会生病。恰是地处偏远，无医可求，只能自我调适。

一叶扁舟而已，并非画舫，却能在此饮酒自乐，品茗吟诗，曲赋创作。活脱脱地做一个地道的文人墨客，转身把红尘里的颗颗尘埃欣赏。一朵朵奇葩总能绽放它的笑颜。这里风景独好，不再是神话。

偶尔也能看到鱼翔浅底，白鹭双飞，惊鸿掠过。总是在这般美中存有一点缺憾，残缺的美并不是人人钟爱。我便着彩衣，重新补妆，把一个光鲜靓丽的身影留给这片心海。不是孤芳自赏，亦非多情绽放，而是对美好的诠释。你有理由拒绝心灵在接受各种侵袭后去找平衡点吗？不，一定是没有理由的。任何一件事情都必须在平衡点上结束。

柳永曾在晓风残月的日子里慨叹："纵有千种风情，更与何人说。"某个时候，我的心灵流浪一些日子后也需寻找归属感，但是倘若给心灵做好慰藉，那也是富有的。就在自己喜爱的文海里遨游，让疲倦去无踪！

流年渡口，与他相逢

四季流转，光阴在日月更替中划过，渐渐地，我们都老了，迈上了时光的台阶，不说步履蹒跚，倒也多了几分不惑阶段特有的味道。流年渡口，与有缘人相逢，就像淡雅的芬芳，迟迟不肯散去，萦绕在鼻翼周围，每一次呼吸都与这香气亲密相拥……

——题记

远眺尚未青翠的山坡，叹息光阴似箭，双鬓银丝又添不少，不敢在镜前端详，不是吓了别人，而是自己。回眸往日，平淡如水，波澜不惊。仰头偶见月牙和几颗明星，不免叹惋。谁人惊扰了清欢，留下孤影，不见惊鸿一瞥的眷恋，不见珠帘内的柔情女子。

屋里一曲《高山流水》飘出小窗外，知音却影无踪。曾记否，那些独自灯下思忖的日子，满是清凉。屋子里的灯光，照在雪白的四壁上，俨然多了几分冷意。把满怀的孤寂借助键盘来消磨掉，填词赋诗亦只为排遣心中沉闷。谁料，入神太久，夜不能寐，只好睁着空洞的双眼，望着卧室里的紫红色蒲公英贴画，心儿像是飞到了户外的原野上……

　　这会大概是情绪起了波澜，更无法入睡，腹中肠肚开始闹腾，无奈，只能起身去做点食物，以求安慰。恰逢电话铃声响起，定睛注视，原来是一位友人打来的，问我在做什么，告知他：我在做饭。他问：可否蹭上一顿？当时我的理解是，这年头谁也不缺一顿饭，可他为何开这玩笑？然而，他或许在电话里感觉出了我的疑惑，解释的理由是，他想吃我做的饭菜。

　　这个理由，我似乎无法拒绝，因为他身在异乡，没条件自己做饭。想到这，我也就大大方方地答应了。他来的时候，还带了自家弟弟，我见状，心里开始嘀咕了，没准备那么多菜，怎么办？

　　他弟弟说下楼去买菜。我也就默许了。之后，他便走进厨房开始先忙活起来，二十分钟后，他弟弟买菜回来了，三人各自分工继续忙活起来，一顿饭在不经意间做成了。

　　一晃三年了，我们彼此都有电话，平时彼此都忙，无暇打电话，顶多就是他来我居住的小城办事时，致电问候一下，仅此而已。恰巧一次，他来我这个小城办事，需要次日才能走，便在办公室里凑合一宿。可是，他忽然想起那次做的饭，便说他来做饭。恰逢今天我事情不多，就应允了。

　　这次他来，做的稀饭，炒菜不多却可口。平日里，我亲自做饭习惯了，偶尔作为食客，感觉蛮好的，只见他的脸上漾出开心的笑容。饭后，我沏茶，对坐，与他聊人生、谈文字。他忽觉已晚，起身告辞。

　　又是一晃几年，彼此联系甚少。无巧不成书，我竟然在一个旅游景点与他重逢，那时我们几人组团自主游玩，他很热情地为我们大家拍照服务。后来，一有空我们大家就结伴而行。时间长了，彼此了解得多了，无形中话语也多了几分暖意。

　　这一切，让彼此的心里都觉得友情的真诚、可贵！

无意间，我提到要给闺密帮点忙，他竟然自告奋勇帮忙。看到他的实际行动后，让我很是感动。每每我问他有什么需要帮助的时候，他总是淡淡一笑。

后来，才发现他的心理有时也很脆弱，需要有一个聆听者，让他坚强起来。既然如此，我就做他一个彻头彻尾的听众，让他诉尽心中不开心的事。当他倾诉完之后，我从他那说话的语气中分明可以感觉得到，他浑身像是轻松了一大截。

断断续续，我们相识了多年，尽管来往也不甚多，可是，却能感受到一种真实的存在。其实，相逢就是一种缘分，偌大的世界，为何我们就能在某个时间段、某个地点相遇？这不就是横竖坐标交会后的集合吗？

某一天，我旅游归来，顺带一把葫芦丝回家，然而却难为了那几个小窟窿，音符在我这里完全失效。他恰好来我家里，随手就拿起葫芦丝吹了起来，少年时代的那些歌谣，慢慢荡漾在我的耳旁，享受了穿越时空的感觉。他即兴吹奏，能有这般效果，让我感到很是惊讶，我不由得对他刮目相看了。他告诉我，小时候就喜欢吹口琴，但是现在差不多忘完了，今天见到葫芦丝就试一下，没想到还能有此等效果。

古人喜欢"琴瑟和鸣"，我们虽然不及古人，但也喜欢丝竹之声。我不知道怎会在时光的渡口与他相逢，我不知道我们彼此会有这么多的话题，然而，往日那些场景，依旧会出现在我的脑海：清风里站在桥栏杆跟前，看碧波荡漾，鱼翔浅底；摩崖前观看石刻，寻觅贤人之痕，领悟贤人之德；琴声里，静享一种静谧和美好……

时光不因诺言流走而停下，朋友不因联系少而失去精彩，我们不因琐事繁忙就忘记彼此。看着熟悉而又陌生的电话号码，很想把一声问候送到他身边，最后还是选择了沉默。彼此的航道就是一种自我调节、自我适应，又何必去打破这种平衡。"不争就是争"的道理，是从他的口中说出来的。今早，我莫名说出这句话后便想起了他。

缱绻流年，皱纹悄然爬上我们的鬓角和额头，写满了沧桑。珍惜缘分，其实也是一种福。知音难找，知己难觅。今生谁不是谁的谁，没有谁负了谁。只是说谁遇到了谁，谁和谁之间有多少缘分。既然在流年渡口相逢，就是缘分，且行且珍惜。

春雨如丝的季节，与他相逢，滋润我胸怀；我愿为莲，湿润他心，落入梦香。最美的友缘，总能在流年里经历风雨见彩虹，希望能在今生的渡口，再次与他相逢！

阳台情愫

1

那年的某一天，我有了属于自己的房子。

一日，我忽觉得夜晚非常静谧，从来没有这么安静过。于是，我情不自禁地迈开步伐，向阳台走去。手扶着象牙白底色上印着淡雅花朵的阳台床沿，远眺。视线穿过窗前两座高层之间的缝隙，看到不远处的莲花池里摇曳多姿的水舞，如蛇，如仙，扭动腰肢，几分妖娆，几分妩媚。远处，星星灯装扮着山体，宛若眉黛上的痣，星星点点，别有一番美妙情趣。在阳台上，足不出户，便可以欣赏到如此精妙的夜景。

任凭清爽的风儿透过窗纱的空隙撩起我的发梢，任凭那悦耳的歌声透过窗纱飘进我的耳房，任凭那种静谧的气息包裹着我的细胞。一丝丝，一缕缕，忘掉了白昼的劳顿和烦恼，让那些属于忘记范畴的东西，存活于那一刹那，便再没了延展的机会。只因阳台这边风景无限好，使我胸襟无限宽广。

等到窗外莲花池里直耸云霄的喷泉表演结束后，我才感觉到这个风景该轮换成另外的一种版本了。假若刚才是阳春白雪风格的话，这会登场的便是下里巴人的朴素美了。听！窗外嘉陵江里的波涛正在演绎一场别开生面的歌会。奔流不息的水儿，在经过大坝处，立刻就有了悦耳的音乐、美妙的听觉。我闻听着窗外简单而又浑厚的水声，产生了顿悟：人生只有在跌宕的地方，才能奏出好听的人生之曲。

春雨、夏雨、秋雨、冬雪，或淅淅沥沥，或骤然而来，或连绵不断，或曼舞飘转……我站在阳台上，听风吟，看雨落，嗅闻窗外花坛里散出的泥土芬芳，聆听花开花落的声音……

阳台，这个地方虽说不很宽敞，但是却让我从维持生命延续的空间里走出来，拥有了一份独特的精神享受；阳台，虽说只是一个辅助空间，却让我的心里盈满惬意，感知生活的多姿多彩。

我稍有闲暇，便喜欢去阳台。在那里欣赏心仪的夜景，呼吸湿润的空气，眼眸沐浴在音乐喷泉的动感当中。看！对面楼宇里的万家灯火，就像一颗颗星星，变换不同的色彩，给了我视觉上千变万化的感觉：柔和的粉色窗帘里透出些许静安，优雅的紫色调从那一扇窗户里发散，橙色的安怡慢慢地流淌……在阳台这个小空间里，感受着不一样的大视界。望着那些不同格调的窗帘与灯光，回味和咀嚼曾经发生的故事，也会让自己的心情一点点地变化，把"烦恼"这个词语淹没在窗外奔腾不息的嘉陵江水里……

2

一宿之后，沐浴着晨光，缓缓来到阳台，伸开双臂，拥抱第一缕清新空气。按照习惯，喜欢沏一盏早茶，坐在阳台的小桌旁，慢悠悠地品味。那种心情，舒适自在；那种情调，优雅风情；那种惬意，难以描摹。

最近不知道源于什么原因，竟然喜欢上了青花瓷这种典雅的瓷器。去年，在一个旧镇上，见到古朴的店铺里，码放着一沓青花瓷茶杯，不由得心生爱意。于是，便放开步伐，走进店铺，买回来四只。如今，看着杭州西湖龙井茶，一片片在清澈的水中曼舞，漂转，活像一只只精灵，给这静止的青花瓷注入了些许气息，一下子显得灵动了许多，也让我感觉到茶香与典雅的青花瓷融为一体，更有韵味。

品茗，其实也是一种生活态度。在不同的地方，自然有着不同的情调，有着不同的感受。在客厅，是宾客之间的感受，在茶馆又是一种自我强迫的感觉，而在阳台，则是一种身心放松，一种惬意闲适的享受。

我就喜欢那种原汁原味的装修风格。因此，在阳台这个空间里，我没有花太多的财力、物力去打造它，而是追求一种清新自然的格调。这样，我在阳台上打开窗户后，才能和外界的大自然同频率、同格调接触。古香古色的桌椅，凝聚着我对茶的倾心，清新的茶叶、甘甜的泉水则是对茶文化的肤浅理解。

拥有自家阳台已六年了，我从没厌倦过。打开古筝曲，让其悠悠飘满阳台，然后独自小坐或者和闺密一起坐在阳台上，享受这美好的一切，那种感觉，暖融融的，清新惬意。没有几件事情，能与这样的待遇相提并论。

3

书，成了我生活中必不可少的东西。在我的床头、书房、办公桌上……都可见它的身影。但我却对在阳台看书情有独钟。

在清风徐来的日子里，捧一卷诗词，躺在阳台上的竹藤椅里，把半个身子都装进去，享受青竹之气，浓淡相宜的墨香，徜徉在文海中。清风、青竹、墨香融合在一起，阳台变成了典雅的"三味书屋"。

我在文字中行走多年后，更迷恋书，更愿意做一个书香浸染的女子，也许是因了那句"腹有诗书气自华"吧。

一个个方块汉字，盈满缕缕墨香，慢慢飘散，香气缓缓蔓延。我着一件棉麻长裙，自然舒适，与藤椅也显得和谐。几分闲适，几分气韵，自然流淌。时间久了，再慢慢积淀成为一种自由的独美，谁人能及？

穿过客厅，来到阳台，背靠在客厅推拉门的花纹玻璃上，面迎春风秋月，清心寡欲，安然揣摩品味唐诗宋词风格或韵味。或凝练，或隽永，或婉约，或豪放……

倘若在心情随着书本渐入佳境的时候，我也会起身，看着窗外，诗兴大发，顺口吟诗，不负光阴，不负静好岁月。近年来，自从我将自己置身于阳台后，与客厅的繁杂隔离，倒能让我静心深入学习、深入思考，悟到不少人生哲理。

抬眼看看窗外湛蓝的天空，愈加显得辽阔高远。站在阳台上，赏景，品茗，读书，乃是一种情愫，一种雅趣，一种格调。我将会一如既往地在这暖融静谧的空间里感悟许多，淡化许多，沉淀许多……

此生，愿做小女人

女人如花。女人花摇曳在红尘中，女人花随风轻轻摆动。如花女人，多姿多彩，惹人喜爱，有一种女人，温柔如水，娇艳妩媚，小鸟依人，那便是小女人了。

小女人娇弱，一胃寒烟眉，两个梨涡，两片粉嫩红唇，缕缕青丝。不为锦衣玉食而忧虑，亦不为无处栖身而心焦。她因娇柔温顺，而被男人疼爱。

当今社会，独立女性越来越多。蓦然回首，和小女人相对的是"大女人"、女强人，或是"女汉子"。她们有自己独立的生活、工作。为此，和自家男人的共同语言越来越少，交流沟通机会自然也就屈指可数了。

不可抵赖地说，"女汉子"的确很累。干着几乎和男人没有区别的事情，所以，就显得极为疲惫。另外，她们还得周旋于男人和女人之间。要考虑女人的嫉妒，男人的危机感。无形中，脑细胞都会多损失一些。

的确，"女汉子"甚为疲惫。由于女人的韧性极强，所以，面对许多困难，都会表现出顽强拼搏的样子。

女为悦己者容。有了爱恋，有了情意，就越发精神，越发漂亮，越发有气质。气质是女人的保鲜剂。

一方幽篁，一架瑶琴，轻抚弦子，音符潺潺……不问天有多老，只问情有多深、爱有多浓；不问前面的路多坎坷，只问相爱相融到几时；不问是否能够同年同月死，只问能否每时每刻心心相印。执子之手，与之偕老，足矣！

女人，按理说，就应该享受温柔，享受亲密，享受属于自己的阴柔之美。此生，不知道是多长；此心，不知道要期待多久；此情，不知道要何时沉淀或者抛洒。只因想做个小女人。

那年那月，一款淡紫色麦穗花旗袍，紧裹在身上，勾勒出妖娆的女人味，从那一刻起，我意识到我是个女人。对，一个存在的女人。曼妙的身姿，优雅的步履……一曲中三，让我回到了那年。不是兴奋，而是一种舒心的感觉——做小女人，就是好。

恰恰就是这款旗袍融化了我的性格，变得圆润了许多，去了棱角。在夜幕降临的时候，托着下巴，呆呆地仰望着头顶的水晶灯，似乎这就是白雪公主的住所，眼前的便是白马王子。那时的感觉真好。

光阴，总在指缝间溜走。香雾染云鬓，如霜，多了几根烦恼丝。刚刚有了温馨的感觉，转眼即逝。斯人独憔悴，衣带渐宽，怎不悔？

年复一年，周而复始，相思成灾。痛下决心，忙碌于琐事中，放下恐惧，三番五次地跌倒，又爬起，只为生活的运转。浑身伤疤，纵然破坏昔日的窈窕、白皙，那亦是值得的，因为它练就了女人的傲骨。在白霜里坚守，在寒风里挺立。岁月无情，独立无罪。

心无杂念，继续向前，苦尽甘来。"幸福"两字说起来轻巧，却是我用青春和生命一笔一笔写出来的。回眸身后，深浅不一的脚印，不禁思忖：做一个小女人，岂不是更柔和？

曾经在某一本书上看过，女人是水。温柔的话，可以"旺"夫。我何尝不愿意做那柔和的水啊？小女人，像那朝霞，散发着蓬勃的希望，带着清新的芬芳，滋润着男人的心房；小女人，像那夕阳，婉约着柔和的畅想，带着温婉的柔情，抚慰着男人的神伤。

以前，画舫闲游，醉人不醒，朗月清风，成了装饰。

而今，微风过处，仰首问天，何处是归宿？星辰晦暗，嫦娥回宫，空留一世惆怅与我相伴。几首未曾填完的宋词，躺在案几上，早被灰尘覆盖。窗台上的茉莉，凋谢几许，无心细数，亦无力照管。

"女汉子"做了许久，终于恋上了咖啡。它虽苦，但后味却很甜。有无糖块，并不重要，关键是她让"女汉子"体验到生活的磨砺，细品，感悟，从而过渡到柔和温婉的女人，更是一种风景，一种优雅的格调。

经过几载，发现年华渐老，亦不是一件坏事。成长起来的是心境，本就是一笔财富。人云，"有失就有得"，不无道理。以柔克刚，大致是说女人的温柔可以让阳刚的男人注视，乃至停下脚步来。可见其中的魅力有多大，内力有多强。

徜徉于素雅之中、青莲旁，看蜻蜓立在粉色花瓣上，游鱼触碰碧叶，心旌摇动。借此我紧握瘦笔，一段墨香留于素笺上。一撇一捺都灌满淡然素净。临水听风唱，闻花香，观游鱼，哼曲调，这是一种愿意抛却红尘俗世，留香于指间的女人。让时光绕过指尖，留下一行行宁静致远的拿手好字，婉约成朦胧淡雅的诗词，装满心怀，放入池中，任凭清波荡漾。在流年里，墨香花开在四季，朦胧的意境，添上几分烟雨江南的味道，让人流连忘返。这亦是小女子的韵味。

不愿张扬，宁肯将深爱隐匿在心间，依旧含情脉脉，笑对生活。小女人崇尚婉约风格，轻声细语，一抹笑颜，醉倒万生。赏心悦目的感受，谁肯轻而易举地放过？不，绝对要驻足回眸，甚至有男人想据为己有，终身为伴。女人一生为情所困，期盼依依相伴之人，这便了却心事，开心而活，敞怀欢笑。这样的小女人则属于婉约派，不同于"女汉子"的豪放派。

　　在生活中，无论是哪种类型的女人，感性的、风情万种的、婉约的、淡雅的……那都是小女人世界里的风景。男人、女人皆喜欢。"柔情似水"，这四个字，恐怕就是包含了此意吧。"柔"在先，"情"在后，恍若是水。既然要做水，那要必先学会温柔。

　　很喜欢一句歌词："女人独有的天真和温柔的天分，要留给真爱你的人。"女人是水做的，柔美的时候，就如那南方的雨，滋润着每一抹荒寂，只有当你真心去感受，才能明白其中的魅力，才会没有任何理由地陷入她的温柔。

　　韶华易逝，苍天不老。我抱定此想法：今生，做个幸福的小女人，用如水的柔情将心上人融化……

香水女人

香水，在很久之前，被认为是特殊阶层的专享，遥不可及。想做一个香水女人，更是不可思议。

随着时代的演变，今天，有许多的"白领"喜欢香水。橱窗里各种款式的瓶子，盛入不同香调的花味融合。晶莹剔透，玲珑可心。无论是"高跟鞋"还是"平底鞋"，都愿意驻足欣赏。仿佛那就是划过心湖的一叶扁舟，能载着自己去彼岸。

"女汉子"，貌似时兴，对香水自然有着些许排斥，可能也是那首《香水有毒》惹的祸。但此香水非彼香水，意义不同。记得有人说过，香水是女人的一大宝贝，只有懂得香水的女人，才是雅致的女人。

女人，是什么？是柔软的水，有着沁透能力。香水，水为之，会沁入自己的骨髓，芳香酥软。那个曾对你心仪的男人，自然会领略如水的柔和魅力。淡淡的香气，随着清风飘来，钻入鼻腔，渗入每根神经，雅致、飘逸之感油然而生。

犹如在繁复的街景里，忽然见到一片幽篁，翠竹清风，淡水瘦月，静谧，柔和，不容惊扰——人生难得一处静，伫立、游走、漫步，都是不错的选择。携手情侣，渐行渐远，两手越握越紧，深感暖融融，心底的涓涓细流潺潺淌过。抛却三千烦恼丝，只为那缕芳香，世间有百媚千红，独爱紧握的那一个。

知谁爱谁，爱谁向谁。女人将玫瑰、百合、薰衣草等花香，点于手腕上，裙袂，托风儿把自己的爱意传递。更多的是，有了心爱的人儿，才更注意香水的调儿。

用了香水的女人，算是小女人了，是雅致、内敛的女人，如一坛醇酿，需要静心闭目，细品回味。那种淡雅萦绕在头上、心上，有种超乎神仙的惬意。凡事都要自己喜欢，才会自己欣赏，就能发现世界上的美好。

女人，精致有韵味，胜过许多华丽辞藻堆砌，超过许多亮丽服饰叠加，敌过任何一种粉饰。女人离不开水的滋养，这香水，像爱人一般，缠绵相伴优雅绵长，需要细品，能带你到一种幻觉的世界，你可以想象是香甜的果园，可以是法国的薰衣草园……温馨浪漫、心旷神怡，其妙处不言而喻。人在其中，美在心中。

我们身旁，就经常有这样精致的女人。尤其是春、夏、秋三季。无论是微风拂柳，春暖花开；夏荷连连，碧叶田田；还是丹枫染秋，凉爽高远，总能见到衣服得体、妆容整洁、配饰精致、步履优雅从容的女子，从身旁而过，留下一抹淡香……遇到文人墨客，便把这种典雅，浓缩成诗行，墨香几许。

男人啊，倘若你的爱人、情人，你的妹妹，甚至你的母亲，用了香水，你应该感到高兴，说明她试图改善着你们的生活格调。这种淡雅的女人，气质雍容典雅，你能拒而不见？

一个懂得尊重自己的女人，自然懂得尊重他人。假若说衣服是表层包装，那么香水则是升华了的韵味和气质。无韵无味的女人，犹如一张白纸，亦如一根枯枝，没了水分，没了活力。不在多，却在有；不在名贵，却在懂得。识得香水，懂得内涵，悟得其性，随人随缘。

饱经风霜后，我悟得些许道理，或许早已是水过三秋之事了。与其坐在椅子上唉声叹气、抱怨、后悔，不如现在拿起一只精美的香水瓶子，打开瓶塞，递到鼻翼前，嗅一嗅，那叫一个舒畅。宛若云雾升起，云朵飘荡，百花身上还带着早晨第一颗露珠，晶莹剔透，可人可心，不禁贪婪呼吸几口，深感湿润，此景只应天上有，却在人间。

月光如水，树影婆娑，女人的舞裙，带着淡雅的香水气味，不停地旋转，伴随中三舞曲，与爱人、和情侣、同伙伴，翩翩起舞。倏尔圆弧划过，像流星，像蝴蝶……

美，从来没有人排斥，嫉妒心倒是很容易产生，羡慕嫉妒的目光，也完全被这美感抹去了。高雅的享受，使神经完全放松，气韵由内到外浮现，谁又能违心地去否定香水带来的优雅。注满相思相爱的精华，浓缩在那个美轮美奂的玻璃瓶里，风骚尽显，绝代风华，然而，它却喜欢，与有缘之人牵手。

岁月从不败美人。这般优雅的女人，定是蕙心纨质，与她为伴，岂不是一种美事？人生何处求知己？眼前的气质超群的香水女人，便是给你带来雅致生活的人。倘若有几个这样的女人同时出现，不夸张地说，真有那种美不胜收的感觉。故此，我还是愿意和香水一起优雅到生命陨落。

深爱，是一种刻骨铭心的爱，是把利益颠覆了的真爱。对于这种香水女人，要爱就请深爱。

烟雨红尘寄相思

1

习习春风，催得春暖花开，行走在其中，别有一番情趣，乐在其中，美在心里。

清晨，推门而出，匆匆赶车。一路顺风，行至路上，一排排樱花、杏花、梨花，映入眼帘。花团锦簇，香瓣层叠。粉色娇艳，白色素雅，帮着远山褪掉旧装，换上新衣。满眼的春意，加上新鲜的空气，伴随着晨风，钻入鼻腔，划过喉咙，舒服极了。大概这就是春的感觉。

被春花包围，香氛缭绕，自然是美到了毛孔里。贪婪吮吸香气，也是情理之中的事。下班返回，依旧重复早上去的路程。一路花香伴随，清风徐徐，双目也觉清新。

在这姹紫嫣红、春花烂漫之时，却把寂寥和孤独尝遍，一种万般无奈，一种愁苦暗涌。婉约派代表李清照笔下的"寻寻觅觅，凄凄惨惨戚戚"莫非就是这样的境况？

三月，是一个意气风发的时月。最亲爱的人，像出巢的雀儿，飞了出去，寻觅远空，展翅翱翔。原本一个充满诗意的日子，也就被悄然藏匿，装进了妆奁。我独坐在梳妆台前，看看镜中的那个我，企图用胭脂香粉遮盖憔悴。昨夜，和衣而寐，衣带渐宽又有谁人知？

原来相思是一种苦。也仅半月，可远比三年长，望穿秋水心难安。虽说今生谁也不是谁的谁，但我却知，你是我心中期盼的归人。

近二十年的相依相偎，相伴相恋，慢慢演绎成了一种默契。四季轮回，美春难及。在这静好岁月里，心中装满浓情真意和深切思念。站在高高的山巅上，向东翘首，不知何时才能看到归人匆忙的步履。

繁忙程度，超乎想象。可对你的思念，丝毫未减。在山的这头，有位身着素纱的女子，抚琴遥寄相思。忽然跌坐在地，晶莹的珠子，凝成一圈珍珠项链，锁定这二十年点点滴滴。

一颗颗洁白的珍珠注满相思——串起银铃般的笑声、青涩的故事、执着的爱情。

独坐灯下，临窗，浓缩一腔爱意和真情，融入饱蘸墨香的卷帙，托柔柔的春风，缓缓地送到你的身旁。见文如见人，珍惜自己，珍惜这份缘，善待每个人。因为那是相思的力量，鼓励你意气风发。今日相思，明天相见。

远人收到这份爱的书卷，轻抚铺展，句句诗行，凝聚着思念。读懂诗句，也就读懂了相思。三月里，借风儿捎去，就伴你左右。幸福洋溢，爱情甜蜜。同坐一桌，共绘一幅画，取名为"人生豪迈图"。

2

越过黑夜的侵扰与阻隔，悄然回到家中。仰望头顶的星星，稀稀疏疏，慵懒灌满眼眸，不见晶莹。路旁的几盏昏暗的路灯，折射出她的疲惫和无奈。我伫立于风中，翘首北望，希望能有车子载着我的充沛，去迎接新的一天。

斜倚在窗上，朦胧的感觉却随着玻璃上的白色雾气而上升。看到儿童背着偌大的书包，急匆匆地闯进夜幕里，用一个词语"不堪负重"怎能形容到位？记忆的船儿将我载回那个纯真的大学年代——

一曲《九百九十九朵玫瑰》响彻在我的耳旁，每个细胞都显得异常兴奋，和舞伴翩翩起飞之际，总幻想着有个场景令所有人惊呆：九百九十九朵玫瑰，盈满每个人的眼球，几乎在同一时间，空气不再流动，凝滞至此。思绪渐飞渐远，脚下的舞步，不知道乱了多少次。幻想在缥缈和真实之间徘徊，激动、兴奋也在奢望当中游离。孕育了多久，就渴望了多久。或许就是淡淡的一生，或许是……那个年代的《爱你一万年》便俘虏了我那颗清纯的心，那些青葱岁月似乎全都被这一个"爱"字而颠覆，那是一种纯粹，是一种自信，是一种浪漫……

怀着无限的憧憬，舍去了年华，一手捻起那张素笺，上面淡淡的芳香让人闭目想念。略微有些发黄的纸张依旧能承载逝去的岁月。香凝华宇，锁住甜蜜。一份份装满炽热的书信，托鸿雁传来。片片爱慕，点点思念，滴滴倾心，醉倒了娇媚。

灯火阑珊处，蓦然回首，他仍在楼下伫立，守望。

站在楼台上，看那背影渐行渐远，心之桥越来越长，一头是他，另一头是站在楼台上看他的人。

多少次，那些感动化为晶莹的水珠，穿过眼眸，溜进嘴角，一股咸咸、涩涩的感觉，莫名地涌了上来。似乎写不尽的是如隔三秋的思念，抹不去的是万般惦记。

跃上时光飞船，度过了近二十个春秋，白雪染青丝，细纹满双鬓。寄语一张素笺，将那风干了的玫瑰花瓣，融进往日的美好回忆。

剥去尘世繁华，穿过匆匆人流，抹去纷扰荒芜。

慢慢地品味那种刻骨铭心的柔情，顺手再次放下浪漫的高脚杯。晶莹剔透的杯子给我的感觉，使得我无法呼吸，无法走出令人相思的巷陌，希冀尽早回归到现在，找到真实的自己。

一张素笺夹藏了花谢数行的拳拳盛意。惊鸿不再来，瞥一眼云雀倏尔离开树枝，心底蓦然升起一抹夹着相思的希冀和憧憬。

雅荷琴心，三世情缘

捧起一把古琴，轻抚琴弦。一池清荷，不妖不艳，和我这未曾涂抹脂粉、浅描淡化的女子相伴。也许是心心相印，也许是前世有缘。

她款款而来。用粉色花瓣做容颜，以幽绿的荷叶为裙，用莲蓬做笑窝。单就这颜色，已是人间最温暖的了。再细细看去，宛如一位淑女，临水而舞，将欢乐盈满碧池。笑窝映在水里，便成了一圈圈的波纹。

也许，若干年后，积淀成额头上的印痕。纵然秋风起，亦是曾经拥有岁月静好的日子。缱绻流年，总有一些时光里有她的影子、她的痕迹、她的记忆。

有人说，浓缩的都是精华。或许有些道理的。在人的一生里，能回忆起的总是那些记忆深刻的往事。

有一种怀念，叫作刻骨铭心；有一种回忆，叫作终生难忘；有一种眷恋，叫作依依不舍。徜徉其中，何尝不是一种值得咀嚼和回味的经历？

并不知道前世在哪里与碧莲邂逅，又在何时读懂了她的心语。但在今世与荷花相逢在六月的烟雨江南里，一见钟情，片刻便有了眉目传情的感觉。这种缘分，慢慢地流淌在心里，如若潺潺溪流经过心田，一点也不张扬，亦不奢华，倒有一种说不出来的惬意和幸福。被那种清淡素雅但有内涵的底蕴而折服，爱屋及乌，因此，无论在哪个季节，哪种称呼：芙蓉、荷花、清莲、素莲、菡萏、芙蕖……亦是情感饱满的赞叹。以此作为自己的挚友，爱到骨髓里，爱到灵魂里，超过爱人或情人。一生当中能保持着热恋的状态，难能可贵。

穿过唐诗宋词，风骨依旧。纪伯伦曾经说过："如果你的心灵有通向神圣的完美阶梯，你就像真理花园中的百合花，无论你的芳香消失在夜中，或消失在人们身上，它消失在何处，就在何处永存。"百合花有它的精彩，荷花却有她独美的精妙。

每逢初春，陌上花开、杨柳依依的时候，我却渴望见到她——雅莲；夏天的脚步刚到，又对她思念重重，总在想念旧时的模样；百花凋谢，唯有她开在我的眼里、我的心里；冬雪飘扬，玉蝶翩翩，红梅绽放，我却依然追寻她的含蓄、内敛和雅致。

当她容颜尽展的当儿，我紧紧地握着她的双手，她给我一个轻柔的微笑。我们默默无语，在月色之下，在一池荷塘畔，静享岁月安好。黛色的夜空悬着一只玉盘，我也曾伫立于雕花窗前，遥望窗外盈满爱恋的月儿。这强烈的感情，就如同月的光芒，弥漫了天地，弥漫了时空。

一切的一切都被凝固在静谧里，这一方净土，不容许带有污浊的物品藏于身。满脸笑靥的荷花，满是清凉的月光，此时，时空仿佛停留在温柔中、宁静里、幽美中。

偶尔会有几声蛙鸣，宛如夏夜的小曲，增添些许灵气。划破窗内的淡影，划破寂寥的内心，反而使得空气活跃了起来，也有了灵动的感觉。温柔的一瞥，化去隐藏在小窗内的清冷。

转个角度，细品茶盏，轻嗅荷香，融身于清雅之中。过去未来都无关风月。前世已经淡去，今生绝不放过与菡萏相爱相恋的机会，下一辈子，如果有缘，那将继续醉倒在荷香里。过去，现在，未来，三世都与雅荷结缘。一颗素心，一纸素笺，淡淡的几笔，便叫人醉倒在荷香里、气韵中。

我不懂什么国画，也欣赏不了郑板桥、张大千的墨宝，但是有一点，就是与清荷的感情，完全可以借文字来抒怀。

恰逢雨来，撑一把油伞，泛一叶扁舟，在烟雨江南里，深情地看着、赏着素莲的身影。雨露沐浴后，它显得更是楚楚动人，娇嫩许多，采撷一朵捧在胸前，颔首轻嗅，淡而雅的香气，沁人心脾，醉倒每一个细胞。无酒却心醉，不如趁此涂鸦几笔，也不负光阴，不负美景——

"轻舟漂转烟雨中，菡萏笑迎雨露重。油伞轻弹和谐曲，雅致清淡芙蕖丛。"红尘滚滚，为了五斗米而折腰，屡见不鲜，可是被视作君子品性的雅荷，不为功名、不为利禄，只求得自然和谐，纵然是夏季短暂，四季里的一个阶段而已；纵然是一年一次的轮回，生命终会告罄，也毫无怨言。

人生之路，无论慢行还是快走，身后都会有深深浅浅的痕迹，只是看比例的多少。风花雪月总嫌短，海誓山盟总是赊，在梦幻化作虚无的时候，注目于素莲，净化凡尘之心。从中收获净化，从容、淡然，也就成了一种境界，一种格调，一种优雅。

一花一世界，一叶一菩提。荷花亦会创造出那个不染缁尘的世界。然而我们便属于这世界。为了活得精彩，为了世界的美妙，剥除那些华丽的外衣，皈依自然，那是一次心灵的重新精华。算是人生重来一次，原本那个混沌的世界里的自我，已经死亡，涅槃重生。

回首的一刹那，双眸满是依恋，目光深情，落于菡萏，不忍亦不愿移动。虽说此时还处于含苞待放的态势，但是早就孕育了一种奇特的力量，以此覆灭污浊之气，从而翻出清新，亮出自信，活出精彩。这或许就是君子之所以钟爱它的原因吧。

把许多的爱恋剪成素白宣纸上的一枝独秀——菡萏初放，偶见亭亭玉立的粉色花瓣，如舞女般妖娆妩媚。细品之下，气质胜人一筹，赚取了些许青睐。或浓或淡的点染，恰到好处的描摹，大可想象得出，香溢四处，弥漫万里。

倘若遇到知己，更是津津乐道。对于烟雨江南里的菡萏也好，是娉婷的雅荷也罢，无疑是一道最佳的风景，岂能错过？几个文人墨客，或者是志同道合的朋友，抑或是君子品性的友人相聚，或香茗，或咖啡，或陈酿，皆好。细品雅荷的素心和与世无争的坦然、淡然。

蓬莱仙子也不过如此，穿越倒不必，生活在现代的人儿，寻觅一把古琴，不是难事。琴瑟和鸣，或者是与洞箫相和，抚琴音调流转，胜过莺歌燕舞的烂漫，超过百花齐放的绚丽。

琴，需要能歌善舞的人抚之。常言道，歌舞不分家。那就请雅荷着一身素纱，翩翩起舞。我和友人抚琴，箫声相和，在静谧的烟雨江南的上空逶迤延绵。星辰眨动眼眸静听，水波缓行，迂回，不忍错过这歌声飘过、雅荷琴心合一的美妙境界。

走过几次江南，偏爱这雅荷。胭脂被遗忘在店铺里，蝶衣亦挂在橱窗里，华丽的首饰总是难出手，依旧躺在柜台里。简简单单的爱，简简单单的生活，一袭素纱，舞尽流年的妖娆，浓缩在时光的缝隙里。

雅莲琴心，那是三世盼来的惬意。不信，你也来徜徉于此，体味其中的美妙。

第二辑　幽幽玉兰情，片片淡雅心

冬日雪梅，劲舞清雅

迈着不算沉重的步伐，走进冬天。见得最多的是冬雪映红梅。素白与嫣红相映成辉，那是一种分外妖娆的美，是壮美。

一场梅雪恋，将沉闷、单调的冬天推向了高潮。梅园里、路旁，如蝉翼、如蝶翅的雪片，在空中曼舞，风姿绰约，引得路人驻足而望。看那六瓣雪花，演绎一场生命片刻的告馨，不求任何回报，却很壮美。滋润梅朵，让她绽放得更为绚丽，更为耀眼。冲散人们心上的雾霾，一身轻装上阵，迎接新一天的到来。

曾经有多少人，从年轻时代走过，追求一种浪漫的爱情，温馨的感觉。那么，今天，走近梅雪，看到这一柔一刚的恋情，是不是更像一对男女？这倒让我想起舒婷的《致橡树》里的句子——"我是你近旁的一株木棉"，你，就是那橡树，这便是一种刚柔并济的互补型的爱情。正是这种爱，或许才是最完美的结合。

梅朵，以一种傲骨在世上等候好雪片片，承载千年的期待。不知道这样的故事，流传了多少代人、多少年。但是，在经历了上下五千年之后，我还是对这场梅雪恋很崇拜。全因雪花牺牲了自己，而去滋养梅朵；全因梅朵和白雪相依相偎，不忍离别，成就了一种且行且珍惜的境界。

在凛冽的冬风里，梅朵用自己刚性的身体，承载着温柔的雪花，这是一种包容，一种气度，一种境界。有容乃大——这便是梅朵的胸怀。雪花，在空中很有灵动感，落到了梅花树干上，无悔，那么从容，那么优雅。每一次优雅转身，都是在空中划出一个美丽的弧度，像流星，使人眼前一亮，为之一惊。

红梅傲雪，已经成为了一种境界，使得许多有节之士，纷纷敬仰，效仿，不为五斗米而折腰，不为一金币而低头，保持自己清廉的本性。绝不把自己的荣耀，建立在别人的痛苦上。红梅闹新春，也成了世人期盼新年事遂人愿的一个指望，不求大富大贵，不求位居几品，只愿平安健康。

秋收冬藏。在这个季节里，在暖阳下，不妨斜倚在竹椅里，捧一卷诗词，细品，沉浸在其中，是最美不过的事了。在诗情飞扬的日子里，也可换一种口味，将案几上未曾填完的一阕清词，取来，慢慢琢磨，推敲，将自己此时的心境，完全装入，渗透在其中，凝练胸中的百感交集，融合了精气神。

银碗盛雪，满怀浪漫。在这个季节里，驰骋想象，陌上只有梅花开。在她的近旁，亲手堆积心中的白马王子，将万万千千的雪花收拢，压缩，造型，成就梅朵的梦想。哪怕就只是这个冬季的一场涅槃，也值得拥有。不求轰轰烈烈，只求真心相爱过，相伴过。哪怕直到有一天，轻吟低唱"轻轻地我走了，正如我轻轻地来，我轻轻地招手，作别西天的云彩"，再度随着梅雪的恋情，将两颗炽热的心，融合，融合……

荷塘里的香气女子

也许，我是从盛唐穿越而来，伴随唐风宋骨而来。一位丰腴的女子，手捧诗词书卷，迈动莲步，来到荷塘。

也许，我有荷塘情结。看到"荷塘"二字，我便想起了月色笼罩下的荷塘，独上西楼，高瞻远瞩；便想起了坐卧荷塘畔，听风吟，闻花语，嗅荷香，抚琴和鸣；便想起了手持伞柄，慢履在荷塘边，神思游动，吟诗作词……这一切的一切，让我倍觉心旷神怡，清新自然。感谢上苍的恩赐，感谢荷花给予我的灵感，让我更喜荷花，咏荷无数次，也无厌倦之感。

荷花，本是一种很雅致的花；月色，本是很有意味的场景。将它们融合在一起，珠联璧合，人间美景，岂能辜负？不负美景不负卿，索性，就让荷塘月色在更广阔的领域里蔓延。

我曾想，让我用我的心血染红这池塘里的荷花，葱葱茏茏，醉了春秋，醉了心怀，醉了今生。

荷塘月色，朦胧的美，像雾又像风，缥缈在雾失楼台间，幻化成一缕缕情思。爱你的美，爱你的神，爱你的心，愿意用我有限的精力，与你一起徜徉在文海里。

荷塘月色，淡雅的气韵，正是我的追求。像是一缕雨露，滋润我干涩的心田，激发了我许多灵感，用我拙笨的笔，用我不够灵活的思维，与你一起曼妙，舞动荷韵。

荷塘月色，荷花、荷叶、荷波、荷香。曾经迷醉过朱自清，今天你也迷醉了我。让我这位渴望在江南气质里享受的女子，更加迷恋荷塘。放飞我的梦想，放飞我的心情，将一行行诗句，写在时光飞笺里，在流年里驰骋，在荷塘月色的意境里传播，飞得更远，更远……

花韵丝丝醉归人

光阴翩跹，在每天历数时辰的不经意间，已是春花烂漫时了。原本连花名都叫不上几个的我，在最近的一些时日里，却羡慕花红叶绿，饱览群芳斗艳，享受红肥绿瘦的静好。

说不准，是在叹息自己年老了。红色、玫红，时下极为流行，仍旧不能从我眼眸里跳出来裹在身上。仰慕别人风华正茂，仰慕别人红装一身，多了几分喜庆和绚烂。而我却对黄、绿、蓝，格外地关注。这要是引用到花上来，则不见得了。

年前，去了母校，看到一品红、红运当头、瓜叶菊……个个都那么精神抖擞；盆盆色彩无须调色师搭配，浑然天成；处处散发香气，还能勾起些许回忆。行走在其中，人比黄花瘦，西风冷。不由伤感，花比人靓丽，亦更有韵味。

喜好文字的我，不由得在鹤望兰、蝴蝶兰、龙舌兰跟前伫立许久，欣赏它们优雅的风姿，艳而不俗的气质，蓬勃向上的生机。当要离开时，依旧满是不情愿。缘于它们身上凝聚着诗情，富有内涵的诗韵。

如此雅致的生活恰好是我的希冀，由此及彼，心里被触动了一下。

带着种种不舍离开了那里，回到家里看到的全是绿叶，显得单调。曾经送来的瓜叶菊，亲眼看着它经历由盛到衰，直到生命陨落。

近日，家人却也对花感兴趣了，便和我一同去把非洲茉莉请回家。对它很陌生，只是在微信里看到，它有许多功效：安神、净化空气。看到他毅然而然地要将其抱回家，一旁的我感到莫名的吃惊。

回家后，我先是兴奋，接着静观许久，仍然不愿离开。就在我大脑一片空白的时候，忽然想起既然我已经拥有了偌大的一盆非洲茉莉，就得了解它。竟然发现，它的花语是，坚贞的爱情，表示纯朴，尊敬。恍惚间，我明白些什么。

非洲茉莉开的是白色的小花，我亦喜欢。素雅、洁净，一直都是我的追求。一种低调的奢华，淡雅的格调。

幽绿的叶色，厚实的叶片，清晰的叶脉，加上淡香的白色花朵，简直就是珠联璧合，恬然自安的样子跃然纸上。无须雕琢，便有天工巧合之美了。

白日里，被琐事俗物缠身，灵魂恐怕都得不到半点休息，而今看到这些，第一反应，定会贪婪地呼吸清新空气，换上另外的一副容颜，仿佛来到了一个无欲无争的世界驰骋，自由释放，求证"无欲则刚"的境界，还给一个原本很纯洁的自我。

抛却三千烦恼丝，只愿像非洲茉莉一般，活出自己的风格来。换来精神焕发，何不是一件幸事？

想当年陶渊明归隐山林，"采菊东篱下，悠然见南山"的闲适心情，只为后人效仿，恐怕亦未曾参悟到其中的玄机。这会闭目思考二三，或许会恍然大悟：世人的最后终点，依旧是回归大自然。

我愿置身于大自然，闭目静心，细听非洲茉莉花和叶的柔情蜜语，会心一笑，满是惬意。带着满满的甜蜜，让《好一朵美丽的茉莉花》流淌进心田，流入梦乡，缓缓的，甜甜的……

春雷·春雨

1

按照四季更迭的规律，已经到了春季。然而，它来得那么慢，来得那么柔，来得那么轻，来得那么湿润。在这"春雨贵如油"的季节里，它姗姗来迟。曾记得，在小学的课本里说，春雨如牛毛，春雨如酥。而今，走过了几十个春秋，已到了双鬓添银丝的年龄，才愿意切切实实地感受一回春雨。

春雨的气息是温柔的。去年夏季，我乘坐火车回到小城，满怀心思，想奔回家，感受温馨港湾的味道。然而，一场大雨将我阻隔，只能躲在车站的雨篷下，聆听炸雷的嘶吼，雨珠宛若粗弦弹奏，混沌沉重。那种让人打颤的情景，至今难以忘怀。当时，心里就在祈盼，盼着哗哗叭叭的感觉尽快停止，不要再让我感受那响彻我心房的惊天动地。那个时候，便怀念起春雨来了……

今天，站在办公室的双层玻璃窗前，欣赏着地上洇成的一张张地图，满怀欢喜。离窗户较近的水泥地上的湿水印子，倒像是一幅最自然、最和谐的山水画。其实，用蘸着缘分的笔，随性泼墨而成的画幅最为壮观。我想，这便是上苍赐予我们的杰作吧。

我顾不上什么文雅了，冲下楼梯，跑到了操场，仰头，感受那如酥的春雨。雨，慢悠悠地滴在脸上，就像是一根根柔软的玉指，轻轻划过我的脸庞，痒痒的，酥酥的，舒服极了。杜甫早就感受了春雨的柔美——随风潜入夜，润物细无声。然，那是别人的感受，更何况在那个年代，我们无法去穿越。但今天，我却有机会真心地去感受属于我们的春雨。

细细的春雨丝儿，轻落在我的眉梢、发丝、眼帘……也许，它是想对我说，它的内心是温柔的，需要我小心侍弄；反之，似乎会打碎它的心梦。我感受到了它丝丝缕缕的清新、湿润，使得空气中有了淡淡的泥土芬芳。

春雨是悄无声息的。一夜之后，早晨，推门一看，花坛里的连翘不知什么时候，葱黄的花瓣下面和它的外侧，已长出了翠绿的细叶，榆梅和红叶李的叶子也不打招呼地钻了出来。将原本单一的色彩，衬托得更有立体感。花和叶子，有了这春雨的滋润，宛若刚出浴的美人，娇嫩无比。

沉睡了许久的小草，也在春雨中悄然生长，那绿芽象征着一个个新生的开始。褪去枯黄、干燥的衣裳，换上一副可人的容颜，那么清新，那么抢眼。红肥绿瘦，点燃了春的激情，演绎了一段段春的神话，给忙碌一天的人儿焕然一新的心态，感受精神抖擞的含义，去迎接每一个晨昏，每一个挑战。

春雨是孕育力量的。也许，人们都会对连绵的秋雨、像蝶的冬雪、倾盆的大雨印象深刻。对春雨总是木然，它来去都那么静谧，不会引起人们的关注与在意。殊不知，正是春雨，它才能让一场生命的质量、力量，从此变革。

在春雨淅淅沥沥的日子里，我忘记了伞的模样；在春雨细细蒙蒙的时光里，我淡化了忧伤的声音和影子；在春雨丝丝润心田的那个段落里，我懂得了人生需要激发，梦想需要萌发的道理……

2

今早，我的生物钟有些紊乱了，没有按照既定的时间醒来，而是被一场春雨声惊醒。

我不由得自问："这是春雨吗？为何会有如此大的声音？"还就在我疑虑重重的时候，忽然一个响亮的声音覆盖了我刚才的想法。好大的声音，虽说没有夏天那么歇斯底里，但也令人惊诧。这让我想起了一句农谚："春雷响，万物长。"或许，这一声声春雷，也是在暗示我们会有一个新的飞跃。

温柔的春雨，温柔的季节，清新的花伞，清新的空气，却有着不同凡响的惊天动地。让我不得不关注起来：先是一道道闪电，划过有些灰蒙蒙的天空，裂开，宛若一朵朵惊艳无比的花。紧接着，便是那震天的响声。起初，我隔着玻璃窗都觉得害怕，闪电，春雷，都是对寂静的宣战，打破了常规的程序，来一个叱咤风云的潇洒。后来，我猛然间在学生慧的空间，看到了她把闪电拍下来的照片，恍然觉得这些感性的害怕，淹没了春雷的惊艳。

闪电，本身就是一种厚积薄发的象征。积攒了许久的干旱、水蒸气，借助云的力量，成就了闪电。那些一味的模式化的东西，也该需要改革了，这一道道美丽的弧度，给了人们许多启示：该思考用一个新的方式来迎接我们的工作、生活；我们应该学会主动出击，才有可能让那些墨守成规化为昨天的回忆。虽说，在现实中，不需要在乎别人是否关注我们，但是有一点，我们必须清楚，那就是我们生活在别人的周围，有意识无意识地都会受到关注。

春天闪电、响雷，似乎不应是这个季节拥有的，我也很少见到。今天一见，果真对我震撼不小，我将穿行在春天这大好时光里，徜徉在暖暖的春阳中，沉浸在浓浓的墨香里，迷恋唐诗宋词的风雅……

春雷惊醒梦中人。春雷，对于有思想的人来说，是一次考验，一次挑战，一次醒悟；对于愿意墨守成规的人来说，是一种恐惧，一种灾难，一种萎缩。我站在窗前，聆听着春雷，它响彻千里，这余波似乎传入我的中枢神经系统，必须立刻将等待调整为主动出击。就在这时，又一个春雷炸响，或许这次是它给我鼓的掌、给我点的赞，提醒着、激励着我按照自己的目标前行。

等到这一切恢复平静后，我的脑子里还在闪现慧的那张闪电图片，似乎那春雷声还在我的耳畔萦绕。我再次站在布满水珠的玻璃窗前，陷入了深深的思考当中……

…………

春色春花无限好，姹紫嫣红也热闹；春雷一声响，惊醒梦中人，静坐于荧屏前，敲打着键盘，一起话短长……惜春、爱春、赏春，皆为美妙之事，怀揣一颗淡泊之心，让人生之花更加夺目，更加有气场。春光岁月静好，新的一天又将起航……

岭南一隅

秋风渐起，岭南风光仍美：凤凰湖旁的长堤上，碧柳依旧柔媚，长枝垂下，宛若芊芊细腰的女子，正在弯腰下压。眼前的花坛里，花团锦簇，难找萧瑟之秋的景象。

绿色盈满眼眸，本就是一种醉美，别说保护视力的功效，单就这纯正的幽绿，也舒心。每每走过这里，总要伸出玉臂，触摸柔媚的碧叶细柳。虽说我没有它那柳腰，却有种爱慕的情绪，在内心涌动。

别羡慕长安城里的三千繁华，岭南这里风光也旖旎，来人忘归，徜徉在"水韵江南"的山城里，流连，静心。这种境界，几人拥有？坐拥石桌，品茗，邀月对饮，醉卧长堤，柳梢拂面，惬意无比。

身处水泥、钢混的城市，雾霾重重，欲看湛蓝高空，白云悠悠，恍若呓语梦游。而在岭南，则是一种司空见惯。这就是差别。晨钟暮鼓，东升西落，嘉陵江水西流，白鹤飞翔，廊桥美景如画，高喷耸入云霄，碧波荡漾，扁舟闲游……

融身于这烟雨山城，在水上尽兴，依旧能有烟雨迷蒙、雾失楼台的悠哉游哉；在山中穿行，松涛林海，鸟语花香，疏密相间的缝隙里光影斑驳，也有画中游的感受；亲手摘得各类果子，田园之乐，邀友共享五味子、核桃、苹果、梨子的香气，纯自然的享受，无污染的享受，醉心醉人。

曾经在长安城里居住的杨贵妃，"一骑红尘妃子笑，无人知是荔枝来"，那是快马奋蹄，南果北调，只为食用新鲜荔枝的印证。

晋代陶渊明，"采菊东篱下，悠然见南山"说明他归隐时的选址也是学问。在岭南，秋菊遍野，南山可见的景色，不再是幻想，远离车马喧，近品茶盏香。厌烦了尔虞我诈、唯唯诺诺的人，不妨暂居岭南，与山相伴，与水相伴，与我相伴。这也是一种格调，一种心境，一种释然。

一向喜欢花香、书香的我，闲步在黛色夜空下，用"心旷神怡"四个字不足以描摹我此时的心里感受。顺着柳堤向西漫步，乘风赏景，这里是大唐不夜天的小城，这里是风光旖旎的水韵江南，这里是乐不思蜀的胜地。

凭栏远眺，对面山体上布满星星，山巅上一轮明月，时圆时缺，演绎了"星月神话"。不再是一种晴日专属，这里，四季皆有星月。东边，"亚洲第一高喷"身高一百八十米，雄伟壮丽的盛景晚宴，不再是传说；廊桥上的楼阁，依旧在风雨中闪烁着不灭的霓虹，飞檐卷翘，琉璃生光，屋顶上则是电子美景，彰显凤舞九天的魅力；西面，水幕电影和凤凰湖里的碧波，缠绵徘徊，时而窃窃私语，时而高谈阔论，惹得游人驻足观赏。

也许，陶渊明总觉得这些太现代了，太吵闹了。那么，我就和他，携手去城南紫柏山里，坐在石洞旁，燃火烤食，玉米喷香，鸡腿惹人口水三千。取来浊酒一壶，慢饮细品，或许，人间美妙就在于此——追求一方乐土，一份纯净。

郑板桥说，难得糊涂。我想，这是大智，并非糊涂。那么，既然这样，不如趁着酒兴，吟诗作对，不辜负此佳境。或斜倚在树根做成的凳子上，或临潭水而呼，或手扶树干而吟，或仰望星稀之天而抒怀……这些足以令人淡忘那些烦恼之事、俗尘之厌倦。

取来古琴一把，弦上总把情怀抒，几许无奈，几许恬然，几许惬意，交织在一起，弹奏心曲。流觞付琴弦，心湖起波澜。别问今生谁人陪，就问我心——已归田园。昼夜空气新鲜，自取潭水、溪流、清泉饮用，自当是甘甜清澈；采得野花多多，别在发间也好，插在瓶中也罢，也是乐趣丛生；紫竹林里琴瑟相和，声飘万里，鸟醉花羞，与万物相伴，怡然自乐。

…………

钟爱旗袍的我，一位淡雅的女子，不知道是否是在寻找典雅的痕迹。穿越到了晋代，找到了陶渊明，一起在他门前的五棵柳树下，对弈，饮酒，赋诗。那时，一抹长裙，裹住姣好的身材，宽大的袖子，却丝毫也不妨碍雅兴。少顷，起身旋转，舞清风盈袖，弄花香满衣。这样的美妙，在旋转间流淌，在清波般的眸子里荡漾。

光阴荏苒，回到了现代，迷恋上了自二十世纪二十年代便风行的旗袍。呈现婀娜多姿的美，杨柳细腰，步履轻盈之态，醉己醉人。一纸素笺，一颗素心，一袭素衣，风清月明之时，优雅之态，更是宛若世间奇女。不媚俗，不矫情，清淡素净的风格，本就是一种超然。

移步至轩窗，雕花窗棂，纱帘飘逸，掀起一角，远眺，一个眼神，一次呼唤，陶公而至。索性，就在斗室里摇扇，倾吐羡慕之心。他见墙上一箫，有些孤单，不免心生怜惜，取之，放到唇边奏响。沉浸在山水之中，恍若真成了智者乐水仁者乐山的神仙。

捡起被风儿吹落的香瓣，粘贴在白纸上，又成了一个个鲜活的生命，成就了一页美图，心境顿时改变。落花无情人有意，清风无意人有情。

陶渊明忽又转身回到了晋代，留得我这个淡雅女子在现代。别无选择，只能邀月为伴，轻吻细风，品酒思文，话尽风流不及酒，倒来归隐寻五柳。抛却烦恼，笑迎初阳，面对新的一天。

时光总在不经意间从指缝流逝，且行且珍惜。久居岭南山城，与山水为伴，心境提升。我愿盛情诚邀同路人，一起闲看云卷云舒，一起静心吟诗作画，守候流年……

梦里江南

　　烟雨迷蒙，扑朔迷离的境界，漫游其中，恍若仙子。身着一袭清雅旗袍，极尽美姿，曼妙随着步履延伸，延伸……

——题记

1

　　曾经多少回，我站在旗袍前踌躇不前，该倾向于惊艳还是水墨之淡雅？一时间摇摆不定，作难之中，忽然念起曾经印在脑海里的西湖。记不得是哪一年，因公去了苏杭，仰望了它的温柔，更艳羡杭州西湖的朦胧。在西湖见到三潭印月、雷峰塔依旧，却不见许仙和白素贞这一千年故事的痕迹，不禁有些遗憾。千里迢迢来到这里，只求能圆我江南一梦。

　　在我懵懂的年纪里，就对秦腔中的《断桥》有了几分印象。这次，怎么也要寻觅传说的起源。今天来到这里，才看到了断桥其实就是"短桥"，大致是说，夫妻二人相聚甚短，意在劝世人且行且珍惜。既已来此，就应该去桥上走一回，方觉心中舒畅。于是，我迈着莲花碎步，上桥轻摇夏之梦，将经年故事演绎，虽没有我的官人在此，我却能快速融入其中。然而，就在我沉浸在这美好的遐想时，天公却不作美了，刚才还是晴空万里，这会已丝雨涟涟了。我是一个随心随性的人，既然这样，不如就顺从了天意吧！

我慢慢地从桥的这头走向那头，没能遇见我的官人。然，那个千年传说却让我想到了自己的生活。曾记得，我新婚之时，母亲说我像白素贞。不论是发型还是服饰，或者说是神态气质；去年，我去省城参会，友人夸赞我的散文颇有江南气质；前几日，碰见一位文化界的前辈，也说我颇有古典江南女子韵味。这让我更想念和向往江南。

在江南的那几天，我被那里的清静、宁谧、温柔、淡雅折服。身居古香古色的房子，呼吸着屋外湿润润的空气，惹得我不由自主挪动步子，来到临水的长堤上。一块块条石、一湾湾清波、一叶叶小舟、一位位阿娇……它们锁住了时间的流淌、光阴的蔓延。我来时换上在江南买的旗袍，配上珍珠首饰，手执一把香扇，徜徉在曲调飘扬的湖边，任凭风儿亲吻脸颊和发梢，任凭雨儿从空而降。此时，我缺少了什么？哦，大概是丁香姑娘手里的那把油纸伞吧？不，我姑且不要那把结着愁怨的伞，还是亲自去买上一把带着清雅色彩或有着文墨气息的纸伞，兴许能让我诗兴大发，填上一阕平仄不论的词，吟诵一首唐诗，不是《满江红》《定风波》的词牌，《忆江南》最为贴切。对，那种温柔的情调，更能激起我心中对江南的许多爱恋。

在江南会有才子出现吗？答案是不确定的。一切或许就是在冥冥之中有所安排吧。就在我仰望远处的当儿，一位黑发俊生的背影闯入了我的眼帘，看那姿态，应该是在借助手中妙笔，在素白宣纸上彰显洒脱，以此抒怀。等我走近了才发现，果真如此。铺开的宣纸上只有黑、白两种颜色，不奢华，很低调，像是筛除了彩虹的绚丽，像是结束了红尘里的姹紫嫣红。站立于尚未完工的水墨画前，一种淡泊明志的主题，浮现在我的脑海里。

女人或许天生就是感性的。我不由得看看画外的江南，这心境也发生了变化。不知是否因为我的出现，让才子改变了初衷，将一位撑着纸伞的女子增添于画中。

顿时，这幅画，成了另外的一种格调了。

2

那年的江南一行，虽过去这么多年了，但是在我心里每每念起，都是一次美好的回忆。那烟雨，那才子，那幅画……它们沉淀了我如飘落在秋天里的梦和心情，给了我一种新生的力量。这些年，我对旗袍的感情愈加笃厚，只叹息我是一位适合穿越在大唐的女子，略显丰腴。于是，买回来的旗袍多挂在衣柜里，得空的时候，便裹在身上，手捧一卷诗词，斜倚在阳台上的竹椅里，静看流年，仰头欣赏云舒云卷。休息的间隙，端上一盏承载着对江南思念之情的龙井，细品细嚼曾经的岁月。那清淡袅娜的热气，莫非就是江南水乡的氤氲？那一片片茶叶，莫非就是飘逸在西湖上的小舟？

怀旧，属于那些大脑储存回忆的人，我诚然也是其中的一个。泛黄的相片里依旧有着江南的影子，那里的莲花，带着周敦颐、朱自清的影子，让我看到北方小城——"水韵江南"里的荷花，不假思索地想起了《爱莲说》和《荷塘月色》。这个江南虽然不及江浙一带宽广浩渺，但是依旧能让我在这里找到些许感觉，穿越时空，寻觅江南给我带来的心梦。倘若说山城江南是个玻璃球的话，江浙的江南就是一个水晶球。它晶莹剔透，韵味十足，清亮淡雅，不容亵渎，唯恐因为爱不释手，一不留神，掉在地上，打碎了它，也就是打碎了一场夏梦。

"葳蕤华结情，婉转风含思。"风儿懂得我的心，带着我的思念，掠过葳蕤的绿意寻梦江南。若干天后，我将江南的清雅带回，将它镌刻在我的茶杯和花瓶上，这就是我潜心做成的"青花瓷"。随后多日我的情绪总是随着北方的风儿，飘向温柔的水乡。又在一个万籁俱寂的夜，聆听虫叫蛙鸣。任由思绪飘转，坐在屏幕前，将心中一串串的回忆，变成一个个带着感情的文字；摘下挂在墙上的长笛，悠悠我心化成一个个跳跃的音符……

"春未老，风细柳斜斜。试上超然台上看，半壕春水一城花，烟雨暗千家。"站立在雕花窗前，听风吟闻雨唱，怎一个"畅"字了得？蒙蒙烟雨中，白素贞与许仙依旧情意绵绵，谁人能知他们经历了怎样的煎熬。夜晚，楼前的湖面泛起粼粼波光，将白昼里的精彩掩藏，化成阵阵松涛，奔腾到长江。或许那里水阔船多，又让我想起了江南那如诗如画的胜景。

江南，你在我的心里、我的梦里。一回回、一次次，都会让我为之痴醉。曾写过几篇关于江南情结的拙文，但仍旧不能满足我对江南的思念。几日后，我在旗袍专卖店里选择了那件烟雨江南风格的旗袍，也算是对得起那份思念、那份期待。

江南是温婉的女子，和香茗、小曲，天生一对。不论是老白干还是醇香的白酒都不适合她，顶多来点陈酿黄酒，绵绵的，清清的。玲珑女子，温婉可人，极尽美好之词，也难描摹她的清美、俊逸。"上有天堂，下有苏杭"不光是说江南美景，应该还有女子。

一起相伴，徜徉于西湖、周庄、同里水乡的静柔、清雅中……

轻抚古筝，心宁静雅

1

夜幕降临，华灯初上，万家窗户里透出些许温暖。可不知会温暖谁的心？谁会把一世乃至几生的温柔，会合在这一间小屋里。借着一盏含情脉脉的烛台，借助一支缓缓燃烧的蜡烛，将一天的疲惫缓解，融化。短暂的休憩后，总觉得这温馨的空间里，更需要一种灵动的感觉，才会多几分优雅。

搁置在书房的古筝，忽然映入眼帘，勾起思绪的涌动。依旧随性、温和地取掉上面的一层红绒布，露出了一把檀香色的古筝。近日，由于红尘琐事缠身，将这把古筝冷落在一旁了，有些愧疚。此刻相见，却有些久违了的感觉。不问我是否从大唐穿越而来，与这古筝的柔和之美，是否和谐。

古代女子，追求琴棋书画样样精通。即便是行下里巴人之风，在街头弹奏，换得少许银两来度日，遇到知音，也会切磋一二；倘若是崇尚阳春白雪之调，那就在楼台亭榭里，临风，或泼墨挥毫，或吟诗作赋，或歌舞升平……悠扬穿越，令莺雀羞赧。

我伫立在古筝跟前良久，心里有些空荡荡的。不是生疏，而是有些敬慕的感觉。它静静地在书房里待了些日子，我这会来叨扰它，不知道合适不？我与它经过数秒心灵沟通后，这才坐下。紫檀木的古筝，泛着时光的精华，浓缩了千古佳话，古香古色的艺术氛围，从这里徐徐蔓延……

唐代的杜佑在《通典·乐四》中曰："筝，秦声也"；傅玄《筝赋序》中曰："以为蒙恬所造。"恰好，身处秦地，对古筝钟爱，不知这其中可否有些渊源呢？这个，我从未深究过。

抚琴，完全可以使自己的心情，随着乐曲而动。若，心不静，则曲不达，会显得音色不稳，潜藏着一些紊乱的痕迹。性格有些粗犷的我，却喜欢如《渔舟唱晚》《高山流水》等曲目，因它给予我许多想象的空间，更多的是对江南的回忆。虽说，邂逅江南已是几年前的事了，但那西湖的三潭印月、苏堤春晓、渔港观鱼、断桥残雪……时常勾起我的思绪飞往。

正因如此，我才一直想做江南女子。在烟雨迷蒙的江南，驾一叶小舟，随心随意，慢悠悠地在湖上闲游，不问光阴，不问时令，只想有个恬淡的心情。在这种意境里，不辜负悠悠情，不辜负江南缘，将古筝弦轻轻抚动。悠扬醇厚的琴声，在静谧的湖上漫延，将漂浮不安的心，缓缓沉淀下来，与美韵融合……

之后，左手慢慢地按、滑，右手则抹、勾、挑，把心中的西湖之柔媚，许仙和白素贞的千年爱情传说，浓缩，洇成一个个音节，凝聚在弦上，或粗弦、或细弦，抛开红尘之烦忧，留下素心一颗，寻觅一片纯净的内心桃源……

坐于木地板上，室内素白墙面上贴满樱花，闭眼，静享古筝发出的声音，调动我浑身的细胞，展开想象的翅膀，在那樱花飘飞的季节里，着一袭薄裙衫，铺开裙袂，任花瓣飘落在其上，坐于古筝前……这是一种怎样的闲适，怎样的忘情，怎样的淡定呵！

2

在烟尘滚滚的岁月里，不可更改的是容颜易老的事实。多少次，小镜里见双鬓银丝突增，心，忽然抖颤了一下。不甘心做一个被时间俘虏了的女人，便借助许多脂膏状的护肤品，来掩饰岁月的沧桑。可是面对晚上的灯光之时，触目惊心，不容置信，镜子里的那个人，就是自己？一种残酷的事实，有些不忍，可又很无奈。

我换上一身蝶衣，在风起的柳堤上，弹奏起古筝，将心事寄托在古筝的弦上，托清风散去，托湖水东流。既然改变不了什么，左右不了身边要发生的事情，何不享受着柳舞水唱的日子？

殊不知，我还真得感谢古筝，十大古筝名曲，总能让我浮想联翩，成就我淡定的心境。心胸也因此宽阔了，少了怨天尤人的情绪，将山河融入心怀，将滚滚俗尘看淡，将心境提高一个层次，貌似脱胎换骨。

……

心情，就像调味品。在不同的时境里，表现出来的形式就不同。乐开怀的时候，去弹奏一曲《平湖秋月》，道出了自己心中风光无限好；忧虑重重的当儿，便可以选一曲《荷塘月色》，夏荷摇曳心梦，清波重叠，含情脉脉，更有婉约的味道，营造一种浪漫、温馨的感觉，让思绪完全浸透；一帘幽梦，也就在幽静的荷塘畔，借着皎洁的月光，几分神秘，几分缥缈，有些"雾失于楼台"的感觉，朦朦胧胧，忽觉一切都美好。

古筝，你是我的亲密伴侣。在孤寂涌上心头的时候，我便轻轻地走近你，近距离与你心灵沟通，点点滴滴、丝丝缕缕，你是懂的。你不离不弃，和我相依，一起浪漫，一起慢慢变老……你将我支离破碎的心，重新弥补；将许多的伤悲淡忘。我们心心相融，相惜相伴，才拥有了许多美好的时光。

古筝，你若灵犀知音。一曲《高山流水》，让伯牙与钟子期成为知音，它似一根红线，亦让我与你结缘。有时，我的心绪，像一片枯叶在风中飘荡，忽然间，像是少了归宿，我不知道，在这个季节里，在这个时间里，我该思念谁？但是，风过江桥的时候，记忆里那些岁月，又是一首浓缩许多温馨意境的诗歌。我知道我该把满腔的思念，寄托于你的弦上。

古筝，你是我心中的风景。在我失意的时候，无处释怀，借香茗回味，总要配有你那古朴渺远的乐曲，便会有种空灵遐思的感觉。"大弦嘈嘈如急雨，小弦切切如私语""泠泠七弦上，静听松风寒"，让我陶醉于你的幽眇的音韵之中。美妙的古筝曲，你就是我眼中的风景。琴声微微，一曲《梅花三弄》，让我带着敬慕之心静听寒梅独自开。弹拨琴弦，琴声古朴，回声颤颤，如那梅花绽放的声音，轻柔而悠扬，与冰雪相和。按音凝重，配合抹、挑的泛音，恰如片片梅开。琴声本微，梅寻知己，意境悠远。

其实，人生就像弹古筝一样，在伤心时，把那些消沉抛弃，弹奏欢快、优美的旋律，以此淹没寂寥和落寞。

秋色入心，享受静美

高空湛蓝，树叶有全绿，亦有绿黄相间的，还有红如火的，这是许多染色剂都无法完成的风景画。微风过处，它们轻摇曼舞，将那些陈年往事积淀成了一种气韵。片片精致的叶子，像是大自然的恩赐，即便是自己成了枯叶，也要将生前的辉煌尽显，也要点燃激情，给日渐枯瘦的山川，增添一抹生机，一种情调。

这种奋斗不息的精神，就是为激励人们在遇到困难时，好好地反省，哪怕就是在生命终止的那一刻，也要活得精彩，活得有滋有味。

常有人悲秋。古人折柳惜别，大多在秋季，"风萧萧兮易水寒"的悲苦，给秋季增添了一份无奈、一份惆怅；重阳节也在秋季，多少老者登高后叹息自己壮志未酬。

李清照忍受着凄凉，仰望秋雁，问苍天，何时见到夫君寄来的锦书，"红藕香残玉簟秋。轻解罗裳，独上兰舟。云中谁寄锦书来，雁字回时，月满西楼"。

然，毛润之却在《沁园春·长沙》里享受秋天，仰头望天，"看万山红遍，层林尽染；漫江碧透，百舸争流。鹰击长空，鱼翔浅底，万类霜天竞自由。怅寥廓，问苍茫大地，谁主沉浮？"成为一种新鲜的风格，不去彷徨，不去哀怨，而是士气高昂，孕育一种伟大的力量，实现人民"主沉浮"的愿望。一改文人的常态来抒怀，展现志向，哪怕是回忆游泳，那也是"浪遏飞舟"的气魄。他是最懂得欣赏秋天的人，懂得孕育力量就在秋季，这就是厚积薄发的蓄势。

一队秋雁南归，留下热泪行行，纵然有许多不舍，又能如何？不如享受静美的秋天带来不一样的感受，要不是在这个成熟的秋季，千丝菊、小金菊、丹桂飘香，从何而来？

火红的灯笼挂在树上，半身掩藏在树叶里，像是捉迷藏的孩子。黄澄澄的玉米，挤满人们的眼眸，颗粒饱满，昭示着今年风调雨顺，看到老伯露出豁牙的笑容，那么灿烂，那么陶醉。不禁感谢这秋天，给人一种收获，一种回味，一种知足。

也就在这个季节里，那些饱读诗书的孩子，要步入新的一学年，迈上一个新的台阶，这让他们如获至宝，兴奋许久。看到他们脸上掩饰不住的喜悦，不禁回想起自己孩提时代的故事。恰恰也就是这一连串的故事，才让我脚下有了高度，学会了飞翔，学会了高瞻远瞩。

秋天，有许多美丽的景色映入眼帘，也就有许多的才情被激发，赞颂秋菊的佳作不少见，赞扬金桂的华章陶醉多少人的心；秋景美好，心情自然好，拾起往昔的回忆，呼朋唤友，促膝长谈，推杯换盏，吟诗作赋，自由选择。或是醉倒在晓风残月的拂晓，或是在明月如镜的中秋，与家人团圆赏月，尽享天伦之乐。

这些，都是秋天赋予我们的，亦是秋季美好的留恋。

因而，别在伤秋情调里徘徊，还是静心地享受在秋风里飘起的歌声，或聆听风语花语，导出心语，做一次彻底醒悟。斜倚栏杆，观看游鱼自由游弋，展示它们的华尔兹；细听湖上的游船里传来的丝竹声声，沉淀一颗浮躁的心，放下红尘里的索然无味，静静地享受时光里的那些美好。

那年，我来到桂花前

生长在北方小城的我，只知道一些常见的树木：碧绿的柔柳，泛黄的银杏，霜叶红于二月花的丹枫……未曾真正嗅闻心仪的桂花。

无独有偶，那天，我正在散步，一股淡淡的清香，趁机钻入鼻腔，我猛然觉得神清气爽，不禁贪婪地吮吸了一口这弥漫着清香的空气。

闭目，静心，那一刻，将所有的不愉快抛至脑后，甚或九霄云外，代替它的是一片清香。

我在几分钟后，才睁眼去追本溯源。一边慢履享受着香气浓浓的空气，一边寻觅它的影子。直到在南边十几米的地方，发现一株并不高大的树，叶子幽绿，泛着碧光，前端有些锥尖状，叶脉深陷，双翼欲飞般。

我伫立在桂花树前许久，还是觉得这花开得那么典雅，那么柔和。宛若一位羞赧颔首的少女，但是发自体内的香气，却很是单纯，清幽，让我心旌摇动，像是世间唯有桂花最香。

金桂，黄灿灿，又不失雅致，剔除了许多浮躁。虽团簇相拥，却不张扬。这种黄蕊与精致女子，或者温柔之派的女子相伴，那恰是一低头的温柔，早已从徐志摩的心上划过，醉了心怀，醉了世界，亦醉了那场异国梦！

……

我亲尝桂花糕后，唇齿留香的感觉延绵不断。许多桂花温婉成更为细腻、柔软、润口的香气美味，更享受。这或许也算是我的福分、缘分，与桂花有约。可遇不可求，一直符合我的随缘主张，既然这般，还不如趁此细嗅桂花香，慢品这手中美味的桂花糕。

缓缓地放入口中，入口即化，酥软，让我零距离地领略了桂花的极致美。不说桂花是否风尘仆仆地来，但知你将终生奉献，从视觉、嗅觉等器官的感受来看，你都已经很伟大了。

桂花花期选在秋季，将那些逐渐老去的色彩淡化，重新点燃秋梦；簇拥的花朵，装扮有些单调萧瑟的季节，让世人换上一副心境；清鲜弥漫，沁香一瓣，给疲惫的行人些许安慰。故，这些从感性到理性的奉献，是桂花你魅力无穷的表现。

移步于凤凰湖上，荡一叶扁舟，轻晃，慢摇，再次感受被桂花包围冲击，憧憬着美好生活……

素衫飘逸，古曲相随

时光最易把人忘，红了樱桃，绿了芭蕉。

一向喜欢裙衫的我，都是不愿意与它分离半步的。不知怎的，今年的心绪变得更加地内敛、深沉。长裙、短裙，衣柜里早已是琳琅满目。然而，在今年生日那天，我却将积聚了许久的素雅细胞激发了出来：买了一件上白下花的连衣裙回来。我海拔低，穿上这件长裙，几乎挨到了脚踝，但是我的心依然陶醉。

白色，本就是一种高雅精致的格调，一种素净的象征，那裙摆超大，上面的椰子树挺立，小清新。我很满足。

往常我喜欢穿那些勾勒女人曲线的裙衫，好像这才是属于女人专享。今年，却愈加喜欢那种很有包容性的衣裙。

上次，到蝴蝶谷游玩，考虑出行方便，换上一件很有民族特色的阔腿裤，配上一件纯白的棉麻上衣，一身穿着显得过分丰腴，大抵有些营养过剩的意味。这要是放在以前，我是怎么也接受不了的，因为怕成了又矮又胖的形象了。

等到照片出来，同学慧竟然问我什么时候走长裙路线了。我的心里开始发笑，随后告诉她那是阔腿裤。她倒说我成了时尚达人了。殊不知，我现在与棉麻、亚麻结缘，因我日渐感到这里面有纯天然的成分；感受到，皮肤呼吸着大自然中的空气，还有棉花的气息。

由于工作关系，不敢将一袭素白的裙衫穿到单位。只能将它珍藏起来，等到周末或回城的时候，在家里，完全可以将墨染清荷的纯白亚麻长裙换上。素裙，素心，素手，素茶……不带尘埃半粒，多半个身体慵懒地躺在竹椅里，穿过香茗的白雾，在一首《云水禅心》里荡漾。

忍不住，时而翩翩起舞，时而轻抚古筝，抛却当下三千烦恼丝，只留素心一颗。不问名，不问利，只愿将心中初衷流露、演绎……

"低眉信手续续弹。"古筝旁，着一袭素白裙裾的我，伴着纱窗里透进来的清风，将心思化作一个个音符，传到窗外。不知道能否逢着能读懂我心的人，愿意一起和我徜徉在这清雅的曲子中？

我想会有的。生活在红尘中的人有太多的情非得已，有太多的无可奈何，有太多的违心，能在这素净的曲子里，找回自己，释放自己，定是一件快乐的事情。

我，在这里静静地等待。

清风吹来，将一头青丝扰乱，发丝如瀑布般，垂在素衫上，形成了一种简约的黑白美。没有太多的修饰，没有任何的点缀，就是一种原生态的呈现。或许，这才是最美的融合，最和谐的相遇。

花儿遇到春风，绽放魅力，呈现芬芳；草儿遇到春雨，展现坚韧，歌颂生命；人儿遇到素琴，释放心怀，活出精彩。素裙、素琴、素发，构成了一幅回归大自然的图画。

雪韵悠悠润心田

> 天空中，雪花曼舞，一身素衣，伫立于天地之间，一任素装，将心融化；梅树下，银雪片片，放飞心情，逍遥游动，将尘世间烦恼淡然忘却……
>
> ——题记

天刚亮，下楼来，推开单元门，不禁大为惊叹："怎会有如此大的雪？"映入眼帘的是"银装素裹，分外妖娆"的境地。远山，高楼，平房，全都被一个素白的世界包裹，分辨不出哪里还有遗漏。

忽然，我觉得脸颊上划过一丝丝湿润的感觉。这才下意识地仰望：零零星星的雪花，留恋这山城，不忍将自己的影子陨落。见此情景，心里有几分遗憾，那是因为少了漫天飞舞的洒脱，飘逸。我本能地移步到公交车站，翘首西望，不见车影，更无心赏雪了。然而，不知是不是天公猜透了我的心思，空中的雪绒花，越来越繁密，像是相约而来，舞动水袖，翩翩起舞，穿越时空，来到这山城。

走在廊桥上，我有意识地停下脚步，慢慢仰头，邀请雪绒花一起徜徉在这清新的空气中……她落到我的头发上、眉毛上、脸颊上，亲吻着，拥抱着，像那亲密无间的情侣。

北方的小城有些冷，紧裹的黑色羽绒服，与圣洁的雪绒花，形成了鲜明的对比。看她迈动着轻盈的步履，舞动长长的水袖，温柔装满眼眸，一分一秒都不放过，将自己的青春舞尽，也心甘。

廊桥上的红色店铺门扇紧闭，在雪光的映衬下，红得耀眼，门前排列的凤凰造型路灯，在雪舞九天的季节里，显得熠熠夺目。它们和我一起赏雪，一起凝眸静看，眉毛、睫毛、衣服上全是六瓣雪花，重叠，积累，幻化，无痕。

再次静听雪舞风吟的美妙。雪在空中舞，那么清纯，那么素净，不沾染缁尘一粒，只求得自由自在，飘逸不群；雪在心上舞，那么轻盈，那么微妙，不伤害心田一寸，只求得平静从容，优雅淡定。

曾有多少人赏雪，吟诗作赋；曾有多少人迷恋雪，迷恋她的圣洁，自在，飘逸，安静……

一时间，空中的雪花，弥漫了双目所及之处，一场盛大的典礼，闪亮登场。她身姿曼妙，体态丰盈，步履优雅，转身乃至飘落，都是那么地从容，一次次令人艳羡的回眸，让人流连忘返。

素白，成了新婚之女子的追求，一袭圣洁婚纱在身，与心仪之郎君牵手走进幸福的殿堂；素白，亦是一种厚重情感的表达，所崇敬之人离开人间，总要身披素衣，以示尊重，且为逝者祈福；素白还是对人之初的宣告，不容任何芜杂之物侵袭，内心就像一张白纸、素绢……

雪绒花，雪绒花

清晨迎接我开放

小而白，洁而亮

向我快乐地摇晃

白雪般的花儿愿你芬芳

…………

　　路人的手机里传出名曲《雪绒花》，很是应景，看着眸子里的漫天飞舞的雪花，真像是看到了一位位含笑的清纯少女。其实，生活在红尘里的人儿，更向往做一个雪花般的人，哪怕片刻的宁静、安逸之后，陨落到土壤里，那也是为了来年花更红、叶更绿。

　　古往今来，多少文人墨客对雪花情有独钟，喜爱他的素净、清静、淡雅、从容、圣洁，时光过去多少年，流逝的是时间，却不曾将他们的诗句卷走。或风雅或伤感，或激情或失意，或愤怒或恬静，都与这素来被称为精灵的雪花常伴。这一切都闪现我的眼前、我的记忆里："白雪却嫌春色晚，故穿庭树作飞花。"

　　我继续附和着《雪绒花》里的歌词："雪绒花，雪绒花，永远祝福我家乡！"慢慢地行走在雪地里，慢慢地在雪舞的时空里向前，向前……

野菊不野

经年风景里，有大家闺秀的格调，亦有小家碧玉的韵味；有阳春白雪的浪漫，亦有下里巴人的质朴；有花开富贵的雍容，亦有漫山遍野的闲情。

有一种随性，就叫作闲适；有一份恬淡，就叫作静雅。

生在北方小城里，每到秋日来临，心中便有一种期待，要去户外山野里赏菊、读菊、品菊……

1

深秋将临，天气自然凉爽了许多。让久居室内的我，不由得想探出脑袋，寻觅外面的精彩。住在山里，也有一番乐趣的。许多人喜欢硕果累累，秋在枝头的欣喜，也有些人喜欢在秋风里点染醉的意境，而我却更钟情于山中的野菊花。

山中的野菊花，虽无大家闺秀的典雅、温婉，但也可人。闻着缕缕菊花淡香，顺着弯弯曲曲的路径，经过一个多小时的攀爬，我终于到了半山坡，满目的多彩菊花，令我欣喜不已。我徜徉其中，许久，迈不开步伐，蹲身，轻嗅，似乎要把这满坡的秋菊，一个不剩地揽入怀。

顷刻间，花儿齐动员，将我连推带拉地拽到了花海中。这会，我早已是眼花缭乱、目不暇接了，金黄色、淡紫色、粉白色，淡黄色……刹那间将这个秋，装点得如此绚烂醉心……

左顾花瓣沁香，右盼姿态万千。一时间，好像其余的都不存在了，留下来的仅仅是野山菊。置身于这野山菊的浪漫氛围里，真有一种花丛仙子的感觉。"百媚千红，独爱这一种！"秋菊，长在山中，不为名利，不为权势，只是求得一方安宁和自由。它仰望头顶的季风，坦然传递一种心语："千磨万击还坚劲，任尔东西南北风。"

2

想当年，陶渊明隐居而赏菊采菊，写下了脍炙人口的"采菊东篱下，悠然见南山"的佳句。后来，便有了隐士爱菊一说。

别的花，都在这个季节凋谢；别的果子，都在这个时候成熟，你，却在这个季节摇曳，恣意万千，与世无争，平静得出奇，在漫山遍野里笑迎风雨，笑看流年。

在流年斑驳的时光里，你年复一年地把这秋天的故事重述。我换上裙裾，依旧来到你的身旁。你虽无尊贵的出身，但却从不为博得好感而哗众取宠。

你能改造秋天，便能改变人们混沌的心理世界。那一朵朵、一片片，或紫，或白，或黄，不管颜色深浅，皆是一种奉献，一种独美，这种坦然的奉献，让阳光更为绚烂，让青春更加蓬勃。

来山中和我一起赏菊吧！欣赏它不拘一格的独美，从表层到深层，从感官到理性认识，皆是不错的选择。净化心中的污浊，还一个原原本本的真我，这就是彻头彻尾的美。

既然来了，那我们不妨一起坐在山中的石桌子前，煮茶对弈。抱来一块大石头，放上木质棋盘，食指和中指夹起黑子或白子，凝神思考，决定进退。菊茶的淡香，淡远而飘悠，不打招呼地乘着秋风，钻进鼻翼，呼入胸中，这便是一种豁达、超俗和惬意……

放下茶盏，拾起折扇，缓缓起身，面向山菊，摇了几下，吟诗作对，不负流年不负景。"邀来好友坐山中，赏秋品菊乘清风。临桌对弈香茗旁，淡定堪比神仙洞。"也许是受了野山菊的感染，竟然也随心随性起来了，不管七绝之平仄，只顾心情之舒畅。放眼望去，这些野山菊，似乎也沾染满诗意，将摇曳的身姿幻化成诗行，随之和起。我因此而受启迪——人生无求品自华。

如水的思念，在秋天的原野漫行。一簇簇素白，一丛丛金黄，一颗颗诗心，一缕缕墨香悄然蔓延。金色的野菊，在秋天的梦里，铺天盖地。花香的温婉，弥漫成风景。是风，总会荡起涟漪；是梦，总是描摹纯情；是你，一朵野性的山菊，在秋色的山峦留下别样的风情。

这样的和谐之美，本就是一种淳朴的美、幽雅的美。

信手撷来一朵，装在花瓶里，那是一种最为高洁淡雅的纯美。真心感谢这秋季里独美的使者——野菊花。

3

身处大自然，忽觉自己很渺小。做几个深呼吸，呼吸进去的有一种淡淡的香，心也安，将尘世里的不愉快忘却，望尽繁华路，还是眼前的野菊花清心。

野菊无拘无束，淡定从容，追求一种低调和含蓄。

该放下的就放下，别背着包袱行走。或许，这野菊早就悟出了人生真谛，所以一直是挺直脊梁，笑迎风雨，忘记"脆弱"二字的模样，依然淡定地经历晨露秋霜。

秋骄阳，碧云天，花黄一片。几个孩童在其间，追逐嬉闹，将这一片静谧重新组合，动静结合，成就美景。谁人能及？

只缘身在此山中。

大雁南飞时，你在丛中笑。远比燕剪春光、蛙鸣夏梦、梅点白雪要更具有包容心。时下流行一句，"低调的奢华"，你正是如此。外表不大红大紫，内心却一点也不冷漠空洞，达到了"腹有诗书气自华"的境界。林清玄说："因为有爱，生命的进程既不是偶然，也非必然。"我想，野山菊也大概是如此吧。

月光下，煮一壶茶，放上几朵野山菊，可散风清热，平肝明目，自然可以心旷神怡地看野菊，看世界。我认为，菊花茶是很温和的，坐在月光下的院子里，临风温酒，倒是很有情调的。老早就给院子的菜园边上，请回来几株野菊，静品这秋山盛华。

几人能看透潮起潮落，花开花谢，大凡都在变着戏法自我陶醉、自我迷恋罢了。

我今天能见到野山菊，或许就是一种缘分。野菊芳香百里馨，我追寻许久，才见到了胸怀如此豁达的君子。不会借助高山、悬崖衬托自己的威仪或者高度，只是一种赖以生存的土壤，让他追随。

野菊，可以送人吗？我说可以。送给那些有君子之德的人，便是一面镜子，助其正衣冠；送给有君子品性的人，便是一本儒家经典，助其陶冶情操；送给有推己及人之胸怀的贤士，便是一种气度，助其关心天下百姓。

秋风飒飒，菊香飘飞，沁心醉魂，今夜难寐，我在想这野菊如此坚毅，莫非是上苍神灵转世？我还需去那许愿石前起誓吗？我愿内化山菊之品性，将蝇头小利置身之外，敞开胸怀，容天下之事，看天下之人，做君子之列的人。

敢问众君安好否？何惧寒风折劲枝。野菊，你傲骨依旧，昂然秋阳下、秋风里、秋雨中、秋霜间，不改的是你的容颜、你的品格。用心品读你之后，发现红尘中的我，那么卑微，那么不堪一击。我愿与你同行，将你"凌霜盛开、西风不落"的精神发扬光大，一代又一代地传下去……

幽幽玉兰情，片片淡雅心

1

初夏，一场雨悄无声息、慢悠悠地缠绵着，整整一天了，不知道何时才能停。中午，我站在窗前，忽然，一束洁白的花朵闯进我的眼帘。泛着碧光的叶子在雨水的沐浴中显得锃亮，在一丛叶子里冒出一种素白的花，这朵素雅的白花，不偏不倚，就开在树顶，很是抢眼。花开六瓣，花大如荷，浸染了一种淡雅、高洁的气息。于是，我便驻足，透过窗纱静静凝视着它。

广玉兰，原本不属于我生活的北方山城，但是后来经过人工培育，它竟然也能在我们这里"落户"了，这本就是一桩喜事。不知道是天庭的哪位花仙子留恋人间，而将多情的种子遗忘在滚滚红尘中，才成就了这样绝美的花。

那一瓣瓣素白，莫非是当年花仙子的衣袖、裙衫幻化而成？或许还有一场凄美的爱恋，或许……这些都是我的猜测。

广玉兰，在我的心里一直都是圣洁的，自从我第一眼见到它的时候，就感受到了它的与众不同——气质非凡。想到这里，我索性搬来椅子坐在窗前，细细端详起来：一棵不很大的广玉兰树，在徐徐而来的清风里依然矗立着，微微张开的花苞，显得优雅、从容，像是一个经历了许多尘事的女子，身上流淌出一种渐趋成熟的气韵来。

牡丹，固然雍容华贵，令那些想攀高枝的女子羡慕不已；玫瑰，固然娇艳欲滴，令无数痴情女子憧憬向往；栀子花，固然清新芬芳，让小家碧玉驻足嗅闻不忍离去……然，广玉兰不像它们。依然保留一颗清雅的素心，将端庄大气、内敛、素雅融合于一个个花瓣中，绝不像那些藤蔓之物，要依附别人，才能缓缓地爬上来。六片花瓣在中午张开的弧度大些，到了晚上便合拢，贝壳状，估摸着是去倾心交谈、幽情缠绵了吧！

我拉开窗户细看。一颗颗珍珠般的雨滴，落在翠绿的叶子上，使得叶片更加湿润有光泽，落在花瓣上，引得它娇羞莞尔一笑，那雨滴便来一个优美的转身，落到了地上。

2

假如，我把这树枝比作男子，将广玉兰花苞看作女子的话，他们就是一对恋人。

华灯初上，窗外的雨不知疲惫地下着。我借助灯光悄悄关注了一下暮色中的广玉兰。花苞收拢得更紧了，那枝干和树叶笑迎着细雨、微风。这让我想到，一对恋人能够相依相伴，风雨无阻，真的很幸福啊！

舒婷曾有诗句："根，紧握在地下；叶，相触在云里。每一阵风过，我们都互相致意，但没有人，听懂我们的言语。"今生乃至下一世它们都是天生一对、地造一双的好伴侣。

你若懂我，该有多好。我相信，这广玉兰树肯定懂得花儿的心。她的一颗素心就只为在有限的时间里能够陪伴在相爱的人的身旁，一分一秒，皆是一种幸福。爱是一种无声的语言，无言的等待，相生的力量。广玉兰树是一个硬汉，花儿是水一般的姑娘，一刚、一柔，水木相生，从五行学说方面来说，也是和谐的。故而，他们的感情世界一定是丰富多彩的，"我们分担寒潮、风雷、霹雳；我们共享雾霭流岚、霓虹，仿佛永远分离，却又终身相依……"有这些患难与共的日子，足矣！

外面的雨依然缠缠绵绵，未曾断绝。我已经关上了窗户，透过水帘一般的玻璃，还是可以看到傲然挺立的广玉兰花，在这样的天气里，坦然面对。

或许，有人说，那是树，又不是人，没有生命的，站在哪里都一样。但是，我想我们人是有生命、有思想的，有时候人却是大难临头各自飞，可广玉兰却将一种发自内心的真爱，毫不保留地奉献给对方，这就是爱的伟大之处，亦是爱的真谛。

就在我还在窗前痴想的时候，不知道谁家的窗户里飘出那首《广玉兰之恋》："芬芳的广玉兰啊／在夏日里唱着歌／那个宁静的正午／我们在树下走过／你牵着我我牵你……"

人在经历了一定的生活磨砺后，就渐渐学会了回归和沉淀。剔除浮躁和空无的东西，沉下来的东西才是最纯的。那么白广玉兰留给我的是一种思考：人，要用一颗素心，坦然面对阴晴圆缺、缘起缘落。只有这样，在寻常人眼里看似朴素的广玉兰花儿才会更娇美、更清雅、更迷人。因为迷醉的不只是眼眸，还有那颗心。

微风中，白广玉兰仍高高地站立在树顶。窗内的灯光铺洒在树和叶子上，让我看得更清楚了，那叶子就像朱自清说的——在牛乳中洗过的一般：湿漉漉，水灵灵的。干净得让我不得不怀疑我的眼睛。

…………

"绰约新妆玉有辉，素娥千队雪成围。我知姑射真仙子，天遗霓裳试羽衣"。广玉兰哦，你洁白无瑕，你清丽温柔，你婉约素雅，你贤淑美丽；广玉兰哦，你是天工神匠用洁白无瑕的美玉琢成的稀世之珍品，弃妖冶之色，去轻佻之态，不与群芳争艳，不惹蜂蝶狂舞。

你在雨中挺立，你在风中怒放，无论高挂枝头，还是飘落在地，始终保持着一尘不染的品格，即使埋入泥土，也是一片纯心，一片情，保持洁白无瑕的身躯。你淡雅纯洁、内敛素朴的品质，不正是我们学习的榜样吗？你虽然没有玫瑰那么艳丽，没有菊花那么耐寒，但在默默地为人们吐露着芬芳，美化着世界，不显山不露水却一直在无私奉献着，这种精神难道不值得我们赞美吗？

幽幽玉兰情，片片淡雅心。夜灯下，我静静地站立于窗前，看着外面雨中的朵朵摇曳的白花儿，又一次陷入了凝思。恍然间，我好像幻化成了一朵圣洁的广玉兰花儿，与那枝干一起傲立在夏雨中……

花语，心语

1

夏天的某日，我回到了老家，在铁路护坡上，见到了几株蒲公英。

叶子浅绿，一簇簇叶片中间竖起一把形似伞的黄花。绿黄相间，在阳光下，越发显得精神。

黄、绿，这两种色彩，我本身就很喜欢。属于自然界里最阳光的颜色，亦是最富有生命力的。吸收了日月之精华，接纳了许多地气。所以，在我眼里，就如同向日葵，那么夺目，那么有力量。

即使到了白絮飘飞的时候，那也是莫名的飘逸舒坦、惬意满足，骤增几分陶醉。儿时，经常手持蒲公英的长茎，逼着娇嫩的它，流出一点点纯白色的"眼泪"来。其实，它也没那么多的想法，只是不愿意离开绿叶，然后，我便噘起嘴巴，轻轻地凑近白色的花絮，慢慢吹起来，便有许多的碎花儿飞舞，我追随其后奔跑。以至于跑出了多远，全然不知，只是喜欢那种飘逸的感觉。

遗憾的是，季节总是在交替。所以，过了夏日，蒲公英便不再露脸了。冬日，多了几分萧瑟，枯枝干叶随风摇曳，没精打采。

在这样的日子里，总不免对夏日的蒲公英充满惦念。在回忆的深处，它总能带给我美好的时光，追回儿时的快乐。可是存在脑子里的蒲公英，貌似有些不过瘾，甚至看起来不够感性。

有次我在朋友家见到墙贴，心头一热，竟然有这么好的办法，可弥补心中的缺憾。

功夫不负有心人，新款的墙贴里就有蒲公英。我兴奋，凝神注目许久，最后果断下定决心：请它回家。

我把它贴在了客厅、卧室。每每躺在它的怀抱，宛如在绿茵地毯上斜躺；每每抬头，总与它满含清新、温馨的眸子相遇。

周围有许多的花瓣相衬，还有几只彩蝶飞舞。闻香识途，亦是寻求路径。这一静一动，有主有次，渲染成了一幅浑然天成的风景画。

生活在其中，无疑成为其中一处满是灵气的风景。

完全是熏陶至上，亦是心灵释放。

推开窗户，让外面的冬阳趁机钻进来，沾点光。冬阳像是看到了我醉入其中，细看半天，终于发现墙上的蒲公英。脸上也绽放出更为绚烂的笑容，和我一起欢乐。

临风沐阳，神思飞扬。不禁顺口抒怀：冬阳暖进我心怀，美妙心思谁能猜。

蒲公英不求收获，宁愿魂飞魄散，绿叶也要入药，救治病人，解除痛苦。或许，它沾了几分禅味，才能有如此高的境界。

我取来红酒，斟上一杯，晃悠几下，映出了墙上的浪漫，恬美。它像是猜透我的心思，继而绽放笑脸。我被深深吸引，这次感慨声稍大了点：风吹浪漫入斗室，旋舞飘然美妙时。举杯相邀蒲公英，开朗遍布此宝地。

只恨我翰墨肤浅，难以描绘这胜景。然，依旧不能削减我对蒲公英的钟情，再次举杯相邀，与它共饮浪漫。

2

芳香飘飘，粉瓣片片，娇柔素雅，静美惹人怜。曾记否，樱花旁，着白裙留念，翩然暖心怀。悠悠岁月多少载，却对你情有独钟。一宿梦幻，荡漾心田。

每逢春来，我便一路狂奔，来到樱花树旁。静看你的容颜，美如脂粉，娇似西施。不妖不艳，不媚不俗，不浓不淡。远望，团簇似锦，分外清新。调皮的姑娘掀开了春帷，露出笑脸，你着一袭粉色长裙含羞而来，渐次展开，转身回眸，一个曼妙的身姿便浮现，撞了一下我的腰，芳心迷醉。

好多年前，我正值青春，囊中羞涩，却不惜重金，留下你的倩影，还要添上自己。我着一身白裙，宛然与你静守，恬然，淡雅，清新。如今回想，那是我萌发爱恋，恐惊于你；那是我用心呵护，还你一方纯粹；那是我追求素雅，不愿玷污你。

几回回，曾经在梦里目睹你的容颜；几回回，曾经拿着与你的合影痴痴发呆；几回回，将你的身影在我心里蔓延……

往昔，奔波于两座楼之间，断然将你珍藏，至今从未忘却。偶有一年，春，将至，立即飞奔而往，一睹你的芳容。可是，未见粉红的樱花，不免失望。从此，便日日前去，依旧如昨，无功而返。

终究，樱花开放，那是粉妆的世界。我静守在你的对面，手捧书卷，无心品读，却悄悄品读你的心语。偶有微风过处，你便有些飘逸，抛起水袖，翩翩起舞，一刻过后，我便心醉。羡慕你舞春，羡慕你舞美，羡慕你舞情。

粉色樱花遭春雨嫉妒，一宿便让你容颜消陨，散落一地。就在最后，你仍旧把美丽留给我们。空中，你洋洋洒洒含笑而去，舞姿丰美无人能及。

飘啊，飘啊，随风随意，并不知飘向何方，落向何处。

把绚丽带来，再把美丽留下，洒脱离开。

"化作春泥更护花。"不卑不亢，与世无争，香瓣装饰了这个世界，粉妆装饰了梦幻，舞姿装饰了眼睛。

落在同一地面上，你们相视而笑。在短暂的时光里，从相识到相知，从相恋到相爱，相依相伴爱慕到死。

演绎的不是闪婚，是执着的爱。四目相对，眸子里镌刻着"执子之手，与子偕老"。

次日，看到你香消陨落在地，清风拂来你又旋舞，不禁佩服，也有几分伤感。团簇也美，散落也美。含笑而来，含笑而去。

黛玉葬花，我也生爱怜，顿然回首，望尽花瓣路。你带着雨后的晨露，带着泥土的芬芳，悄然，低调，从不奢华，选择默默离开。可是，我的眼角湿润，蹲身，小心翼翼，捡起地上的花瓣，放在鼻子前闭目细嗅，一种伤心油然而生。

寻来一方绸绢，将你轻轻包裹，捧在胸前，十指紧握，缓步向前。

回家挂在床头，温馨丛生，香气染斗室，一时兴起，便给居所取名为"芳香花事"。

每日回来，都可见到你。

爱，深爱。

冬日，见不到你的香瓣，抱着你的躯干，再次与你相伴，闭目，想象，春燕呢喃，春风轻拂，春雨沐浴……明春我与你相伴。

在你跟前，我用肩膀托起一把小提琴，轻声细语，与你同醉。

花开正月润新春

1

前不久，我去给老师拜年，在二道巷吃完饭，回来的路上，看到一群人围得水泄不通。我也好奇地凑了上去，原来是一位老者卖花。一株株绿油油的植株，在葱葱茏茏的绿意中展示着它的笑脸，那么招人喜爱。后来得知，它就是绿萝。

曾记得，同事宏有一盆绿萝，长势喜人，让我爱怜。然，毕竟我只有观赏的福分，没有拥有的权利，让我徒增了不少遗憾。这次，我可不能在机会面前犹豫，准备买上一盆带回家，可是老师说我还要办事，多有不便，我只能带着遗憾回家了。

两天后，老师买了盆绿萝，让人捎回来。从此，绿萝就在我家扎根落户了。

早上，我从被窝出来，推开卧室的门，丝丝花香，清而爽，一溜烟，跃上我的眼眸，攀上鼻翼，醉意渐次浓烈。我匆匆跑到了客厅，看着眼前放在茶几上的绿萝，眼里立刻泛起了兴奋。它长着像小孩手掌那么大的叶子，叶脉深陷，两侧叶子对称。最诱人的是，它那泛着光泽的叶片，像是有一种潜力从体内迸发出来，势不可挡。注视它许久，让我想起：这人啊，就得像它，不管遇到什么问题，什么苦难，都要有一张笑脸，一种底气，迎接晨昏。

它就是一丛绿的集合，并未开花。据说它能吸收室内的有毒气体。我每每站在它的跟前，就要做几个深呼吸。恨不得把体内所有的废气全部呼出，置换成绿萝身上的清新感觉。是啊，在我们一天忙碌的日子里，就像是有许多尘土浮在我们的衣服上、心田上。趁着正月放假，我放下手头事情，坐在沙发上，双眸注视着眼前的绿萝。婀娜多姿的身躯，将一腔柔情倾注在茎蔓……它不是一般地绿，它绿意盎然、生机勃勃，它不依不附，自我生长在空气中。那精神头，就像是要冲破天花板，冲向云霄；那柔中带刚的气势，化作绿盛的叶子，柔美但不攀附，清新但不媚俗；那刚柔并济的气质，化作外刚内柔的茎干，有个性但不张扬，果敢但不消沉；那适者生存的能力，化作水陆两栖的本领，分蘖但不分型，分家但不分神。

我细细地观察绿萝，然后用手去掐了一下茎干，发现它的确有着一些韧性，并不是一掐就断的那种，而是柔韧得很，这或许就是不愿意分离。可是，我还是狠心地掐断了几片长势较好的叶子，放到水瓶里，想检验它的水生效果。

一周过去了，竟然发现我的绿萝愈加精神，水瓶里的几片叶子，长了一些。放在冰箱上面，和茶几上的母株遥相呼应，使得客厅更富有生机，坐在沙发上，看着它们，有一种清心的感觉。"神清气爽"这个词语用在此处，恰如其分。

绿萝，你终于来到我的身旁，那就一起迎接新春的到来；一起笑看云卷云舒，一起静观花开花落……

2

正月初一是新年，我习惯性地要到客厅去打开推拉门。就在我刚走到客厅的时候，却被一股淡淡的香气怔住了，不禁自问："这是啥香味啊？这么淡雅！"我静气凝神地寻找香味，最后目光落在了绽放的水仙花上。走上前去，凑近嗅闻，果真是它发出的香味。趁机贪婪地吮吸几口，绝不会辜负这芬芳的香味。

在独享之后，才想到要共享。我喊醒儿子，一同欣赏这素白的六瓣花，金黄的花蕊，翠绿的花叶……记得前两天，我为了让这水仙花的盘子更具有美感，去小区围墙外捡了一些白石子来放入，使盘内水面升高，像洋葱一般的鳞茎半边泡在水中。或许，它被我的精心照顾而感动，竟在正月初一这天绽放了。

俗话说：新年新气象。这水仙花，给我带来了不一样的感受：今年我要扬眉吐气，像它一样开着素白的花朵，散发淡雅的香气。如诗如画的意境，流淌在客厅。此刻，我宛若成了步入了天庭的花仙，步伐轻盈，笑靥恬然，举手投足间散发出一种优雅，那淡淡的花香，弥漫了整个房间，沁人心脾。

水仙花的花语是敬意。我养的是纯白水仙花，它的花语则是陶醉。莫非今年的日子会让我陶醉在其中？此时无声胜有声的心境，远远超过那么多的祝福语言。这样良好的祝愿，默默地在水仙花里流淌，蔓延……

宋代黄庭坚大为咏怀："得水能仙天与奇，寒香寂寞动冰肌。仙风道骨今谁有？淡扫蛾眉篸一枝。"水仙花索取甚少，付出却不少。它仅仅需要一杯清水，仅仅需要空气，便可以开放具有冰肌仙骨的水仙花。宛若凝脂的花朵，犹如小钟的花蕊，像剑的花叶，更能彰显它的风骨。

水仙花，泅渡了一段凄美曲折仙气满满的故事。相传有一位靓丽而性格坚强的姑娘，东海龙王要娶她为妾，她至死不从，龙王便将她囚禁于莲花丛中，只留一泓清水，久而久之，她终于变成了一株婀娜多姿的水仙花。由此传说，世人便称水仙花为"凌波仙子"。正因如此，水仙花才深受众人喜爱，更备受清雅之士的钟爱，不畏强力，不畏权势，宁死不屈，只为保留清白在人间。

文人墨客咏叹水仙花的诗词也不少。透过一首首感怀之作便可看出他们很是敬慕水仙花的高雅之行。梅兰竹菊各有韵味，然，水仙花能在寒冷的冬季绽放，能在初春早早地来到人间，不论贫富，不分贵贱，使得有梦想之人以水仙花为楷模，发奋努力，使得君子之行为大力发扬，使得人们学会蔑视困难，昂首阔步向前。

我起身伫立在案桌前良久，轻嗅其香，细品其韵，感受那种超脱俗世的心境。数分钟后，感觉我的身心像是被洗涤过一般，浑身轻松了许多；像是抖掉了身上、心上的重重尘埃，还回一个原原本本的我，体会到水仙花的高风亮节，如剑骨，这是一种深入骨髓的反省，对自己人生境界的领悟。

朋友说我家的水仙花开得可真是时候，花开有好运。或许，我曾经在风雅的边缘徘徊了许久，踟蹰不前，直到今日在水仙花跟前顿悟之后，决定一如既往地向高雅之境行进……

窗外的小雨依旧淅淅沥沥地下着，如丝，如线，润湿着干涸的小草，清洗着空气中的雾霾，至此，不忍辜负老天的厚爱，我将阳台的窗户拉开，把水仙花端出去，让它们也和我一起感受"润物细无声"的静美。

或许，这样我便能和它们融合在一起，感受大年头一天的喜悦、幸福，对于我来说，或许这就是祥瑞。

若干年后，回眸时也会嫣然一笑，因为我和它们一样，努力过，奋斗过，精彩过。

香韵点点

深深幽谷，一抹清香飘入鼻腔，不媚不俗，不妖不艳，不夸张亦不炫耀，这是一种素雅的静谧，醉美的享受。留恋处，将你的模样清晰记下，从此，便与你——雅兰结缘。

——题记

1

四季里，有一种花卉，或在阳台上的砂盆里，或是在空旷的幽谷中，皆有一股淡香暗涌。香了周遭的空气，醉了世人的心怀，且有一种清雅流淌——便是雅兰。

梅、兰、竹、菊，"四君子"之风范。《易经》云："同心之言，其臭（嗅）如兰。"想必古人也是有所讲究的。只因我才疏学浅，仅可猜出其中一二来。估计这兰花清雅之气，低调的奢华，当排在梅花之后、翠竹之前吧？无论如何，还是对它无比敬慕。

百年修得同船渡，千年修得共枕眠。我和兰花，早在二十几年前就已相识。那年，身随父亲，在凝结了时光的窗棂上，铺开素净白纸，挥毫泼墨，摇身一变，成了窗格画，于此，我惊喜，见到了墨兰。那时候，我就被它淡雅的格调、清新的气韵，深深吸引。

那种悠悠风情，更多了几分清幽，几分静美。有史以来，我第一次感觉到有种淡淡的气韵，在体内缓缓地流淌……

我是个喜欢做梦的女人。

那年，我十五岁，见到了兰花，像是见到了我的偶像、我的梦中情人，兴奋无比。

于是乎，我便闭眼细品你的韵味、你的幽美、你的气质。恍若有一位身着墨绿长袍，头戴淡黄色纶巾的男子，款款而来，凭借清风起舞的当儿，却将一抹清香，送入我的鼻翼，瞬时，调动了我全身的嗅觉，神经系统也随之活跃起来……

我喜欢你那种不张扬、不显赫的内涵。缱绻流年里，万千变化难抑我满腔的爱恋。从见你的第一眼起，便萌发了与你携手相伴到永远的念头。

光阴总是太瘦，转眼已二十几年了，我已经从一个懵懂的少女变成了中年女人，对你依旧含情脉脉，不知，你可曾感觉到？

这种缘分，可遇不可求。当时，在父亲的笔下"变"出那么多的窗格画，在众多之中，唯有你显得出类拔萃，气韵压倒百花，貌似要将人间所有的妖艳比了下去。

我也知道，你与世无争，只想做一回自己，将自己容身于天地间；我也知道，你愿意驻守一方素雅，默默在流年里等候你的知己；我也知道，你在默默地祈祷，希望尘世间一切谦谦君子，能保持洁身自好的本性。

有诗云："撇开瑶草点春星，倦想黄庭梦亦听。叶下穿云交半面，世间何句得全青。信他寒谷无边醉，簪我衣裙没骨丁。相勘凡花痴不了，纵浇尘土有馀馨。"也许，就是那次与你邂逅，便想一生一世与你相伴，不再分离。这灌注了真情的花朵，愈加精神，抖落浮华，剔除虚幻，这清雅的花朵，便在我心房中悄然盛开……

由此看来，我与兰花结缘，冥冥之中会有一次邂逅，在阅历了许多人、事和物后，今生与你邂逅。这是我的幸运，我的幸福！

2

既然与你前世有约，三生石前许诺，今生不离不弃。那就将若干年来的心中爱慕，涌动，化作一种情意，绵绵悠长……

作为一个向来喜欢素馨的女子，此时将自己心中的无限爱慕，泅成诗行，字字入心，句句含情，平仄有韵，将你我融为一体，吸收天地之精华，日月之光辉。

我将缁尘、浮华三千毅然抛却，留得一处芳心，守候在你身旁，轻嗅你的清香，静心品读你的雅洁，宁愿醉倒在你的怀中。不染半点浮尘，静心领悟你的高雅气质，你的幽静之境、淡泊之心。

不问因何天不老，人易老，只顾和兰香君子，情深意笃到白头偕老。轻移碎步，出了小楼，来到幽谷，远离混凝土，远离尘嚣，一袭素装，镜像全无，敞开心湖，荡起湖上一叶小舟，轻悠悠，将自己心情放飞，还一个本来的自我。

盈盈一水间，默默一整日。恍惚之间，被一股清淡的香味，迷了心智，唯有你最美。追溯其源，恰是一片春兰。大文豪苏东坡更将兰花比作美人："春兰如美人，不采羞自献。时闻风露香，蓬艾深不见。"

万行千山寻芳踪，痴心不语可见天，遥望山中草色青，不觉蝶舞寻香来。轻风含笑幽香远，把酒诗词写幽兰。悠扬笛音亦飘逸，山歌水吟触心弦。所有美好情愫涌来，灿烂的笑容挂在你的脸上，丝丝惬意。幽兰含香，轻载着千百年最美的邂逅……

想必当年伯牙遇到了知音子期，才可弹奏《高山流水》，那么，我也是遇到了你——雅兰，才觉得此生没有白来世上一遭。

人的一生，在合适的时间里，遇到了对的人，才算是缘分，才能谈得上有感情，才配谈情。

悠悠的琴声，永远是弹奏给懂的人；这幽美的兰花，永远是将气韵留给能读懂你的人。心相印，爱相通，以时光的沙漏为过滤，沉淀情感，浓缩精华，才真正地意识到，爱在升华，把心中的爱慕，早升华成了一种归宿，一种灵魂，一种气质。

"芝兰生于幽谷，不以无人而不芳。君子修道立德，不因困穷而改节"。我宁愿远离红尘，涅槃重生，与你相伴，润你花香，守你灵魂……

3

我，一位生活在北方小城里的女子，并未见过多少兰科的你，但是依旧迷醉于你。酣睡之时，夜梦时分，总将你的名字呼喊，或许正是日有所思夜有所梦。我宁愿相信这是真的。

曾经多少次，我在脑海里将你简单勾勒；曾经多少回，在清风徐来之时，身旁淡淡的香气，貌似就是你的迷幻所致；曾经多少件裙裾上，总把你的清雅刺绣。

前一阵子，我去了省城的书院门，那里有画师正在墨染丝绢。在梅兰竹菊、清荷素花当中，我唯独相中了你，不是一时心热，而是我一见到你，就怦然心动。

我喜欢徜徉在你清香的气韵中，央求画师现场作画，染就一把兰花扇。我亲眼目睹你的芳容，眸子随着画师手中的笔，来来回回。几分钟后，便见你跃然纸上，我欣然露出久违了的笑容。轻摇这把兰扇，檀香色的丝绢镶边、竹节的手柄、墨染的兰花、素雅的格调，恰好与着一袭旗袍的我，相映成趣，妙趣横生。你，躺在团扇上，气韵犹存，柔中带刚，怎能隐于世俗里？

我迈动着轻盈的步伐，眼眸却从未离开过你一分一秒。这或许就是我对你的一种痴恋。如今，春夏已过，兰扇斜倚在书架上，每日与你对视，莞尔一笑，向你述说我由衷地喜爱，无怨无悔。书香，兰香，集结于一身的我，深感荣幸，亦感知足。

这么多年过去了，我对兰花的喜爱，丝毫未减。几把兰扇还嫌不够，竟然在昨天，还有意识地选了一件兰香飘洒的裙子。

你，伸出兰花指，将千百年沉淀的优雅展现，将鲁莽抛至千万年前的混沌世界。

我从未深究过，你是从哪朝哪代姗姗走来？然，就是对你痴恋不绝。为你作赋北窗里，为你填一阕清词，为你奏一曲瑶音，纵然不能流芳百世，亦是我的心语、我的诚意。

青春易老，韶华易逝。然，我愿为你守候一生，无怨无悔！"一径栽培九畹成。丛生幽谷免敧倾。异芳止合在林亭。馥郁国香难可拟，纷纭俗眼不须惊。好风披拂雨初晴。"你的故事，曾让屈原心扉敞开，时至今日，与你有缘，故而，就更愿意且行且珍惜，静候在流年中。

蕙质兰心，馨香满天下。去年，有幸见到蝴蝶兰、鹤望兰。我立刻驻足静观，流连忘返。闻听，它们也属于兰科，当时我吃惊不小。见过素白花蕊，紫色花瓣，还没有身临其境地见过如此富贵的兰花。

皎月当空，繁星如水。钢琴曲《和兰花在一起》，伴着兰香，趁着清风，缓缓而至；那淡幽的芬芳，轻轻地引领我的心魂到了你的空谷之中，仿佛看到你的秀雅之美姿；馨香幽幽，音乐袅袅，仿佛进入了一个世外桃源之境。此刻，我将心融入兰花之中，只想和你在一起，依偎相守，静观空谷，独享雅韵……

幽幽清兰草，闲居峭崖边，不惧风雨袭，淡香伴笑颜。淡淡兰草，雅致清芳，浸润我心，伴我年华。与君相随，终生不悔，无争无忧，平淡到老！

第三辑　红尘温暖，只因有你

穿越大唐入长安

久住于秦岭以南，却不羡慕长安之繁华，可是，因为那里有牵挂，不得已，只能带着匆忙行色穿梭于两地。

前几日，因事去长安。初秋时节，受邀前去南门的书院门。游弋在古街，左右眼里的旧式小楼，栉比林立，比肩联袂，难觅缝隙。

说起南院门，纯正的长安人皆知，这里是书香文墨之地。店铺里陈列着文房四宝、玛瑙翡翠，门前的小木棚里则是花簪、玉坠、折扇等饰品。总之是琳琅满目，应接不暇。

略显丰腴的我，在青石铺成的长廊上慢履，寻找古时女子的影子。借助摊前的小镜子，见到里面的那个我，容颜姣好，身材和大唐女子相似，既然如此，那就做一回大唐女子。

去时，一袭蝶衣包裹凝脂，绾起大多数青丝，垂下几绺，换得一支淡蓝色的花簪，别在发间，流苏在阳光里熠熠闪光。玉指芊芊，粉白的甲油，衬出一种素雅，一种格调，一种情致。

平日里，步履里夹带匆忙和急促，今儿却一改常态。或许是大唐有

108

律，女子的一双玉足，倘若失去莲步风范，会贻笑大方。为此，我屏气，凝神，用心，轻摇碎步，慢悠悠，文绉绉。

渴望拥有一把团扇，竹节木柄被裹于指内，随着慢摇轻晃，清风自来，心境自开，百蝶翩翩，群花绽放。在这样的美景前，还念想什么红尘俗事纷扰？

倘祥在古街之中，静心寻找有缘之物。恰巧，随缘见到了一位大师正在现场泼墨。相求不如偶遇，既然这么有缘，何不了却心愿？于是，走上前去，文雅地伸出手指，拿起放在案头的团扇细看，有墨染牡丹、红梅闹春、幽兰飘香、出水芙蓉、紫竹青翠，品名不同，韵味不同，却都是君子之爱，君子之象。

一纤弱女子，未必算得上是君子，但久在书香里熏陶的我，倒也喜欢梅兰竹菊的清雅。在时光长廊里，能够留下永不磨灭的痕迹的总是寥寥无几，可是一个人的品性，却会伴随一生，乃至流芳百世。故此，追求淡雅的我，自然喜欢这些具有君子之范的高雅之物。

看着大师手执竹笔，行走在丝绢上，如行云流水，寥寥数笔，梅兰竹菊的气韵显现。伫立许久的我，又怎能忘记一个大唐女子，自然是需要一把团扇。喜好之物，总难挑选，总难抉择，舍弃哪种，都觉可惜。在难舍难分中，倾向了飘香幽兰。

喜欢墨绿的叶子里，淡淡地点缀着三两朵花儿，不娇艳，不媚俗，依然在清风里静守流年。人说，在正确的地方遇见了该遇见的人，那便是一种幸福。我认为，我遇到了。

大唐的女子，皆与其他朝代不同，不以窈窕为美，而以丰满为傲。高绾的发髻，显得圆润，或许是一种圆满幸福的象征。当年杨玉环，便是典例。

白居易《长恨歌》"回眸一笑百媚生，六宫粉黛无颜色"描述的正是杨贵妃，由此可见，她有多美。又被称为"唐朝第一美人"，此后千余年无出其右者，于四大美人中被誉为"羞花"。

韶华易逝，谁又能挽住岁月的衣襟。留得住它的步伐，哪怕稍作停留，亦是美好的。可这仅是一厢情愿，海市蜃楼，虚无缥缈。

那把还带着淡淡墨香的团扇，到了我的手中，我喜形于色，轻嗅，貌似一下子到了空谷，闻得兰花的淡雅之香，沁人心脾，醉倒心怀。纵使有黄金万两，也难敌这最美的享受。

不太喜欢素颜的我，今天也是浅描淡化，兰叶般的眉毛，温和，不张扬；天堂粉的唇红，映衬两排皓齿，动情的睫毛，清澈的明眸，更是灵秀。借着光看到了那丝绢上现画的兰花，穿过根根丝线，牵起身上的每个器官，渗透到了每个细胞和骨子里，更是一种别样的雅致，别样的惬意。

这里本就是古长安，而我更是喜欢做大唐的女子。不如借此机会，手执团扇，发髻间别一支发簪，流苏摇曳；蝶衣翩翩，眉黛唇红，好一个不俗不艳的女子。唐诗宋词更令后人敬仰，无人超越。

沐浴在唐代诗风里，那也是一件幸事。既然穿越到了大唐，自然少不了学写几句诗："蝶衣飞扬至南院，书香浸染古长安。贵妃落轿识香来，疑是玉皇醉花仙。"

转得身来，在秋阳之下，慢走莲步，醉心一回。邻家乐器铺里，有人正在横吹玉笛。在此种意境里，情致难表，不如舞上一曲，也不辜负光阴，不辜负吹奏者的一番美意。

长袖曼舞，倏尔急促，倏尔舒缓，江涛翻滚，溪流淙淙……妙不可言，路人皆醉，与我同醉。别问我是谁，就因我愿意在光阴荏苒中，穿越到大唐，看风流人物，做绝代风华女子。

"云想衣裳花想容，春风拂槛露华浓。若非群玉山头见，会向瑶台月下逢。"赞美大唐女子，更让人赏心悦目，从感官到精神内涵，都是一种飞越，一种享受，一种升华。

那种气质，压倒一切；那种韵味，醉倒一切；那种优雅，引领一切。

初秋，现在的女子，我，就愿意做一个无关风月的穿越族，在哪里？对！就在长安，就在书院门。不管是否在风雅的边缘，还是与它无缘，总喜欢徜徉在大唐的古长安，做一个彻底的唐代盛世的女子。书一笔清远，盈一抹恬淡，水袖起舞，花簪摇动，身姿万千……

期盼同读《当你老了》

　　只因他忙碌，忘记了留守在这的人儿，她还在默默祈祷。问候的间隔，越来越长，她心绪大乱。傍晚，灯下，孤影行吊，解开发髻，青丝缕缕，散开，如瀑。肩膀以下乌发为他而留。

　　一日，她不堪忍受虐心无数次，继而拿来剪刀一把，冷光一闪，"咔嚓"一下，青丝落地。不知哪来的这么大的勇气，不知剪断青丝，能否了断情思。

　　她心中无答案。却，号啕大哭。

　　曾几何时，一份真心，落在琴弦上；一抹相思，融于信笺里；一种痴念，沉浸在分秒中。

　　若，青丝是女子的爱恋，亦会成为她心上的一种负担。残灯下，一地落寞，斩断青丝万千，泪水如泉涌，相惜，已是曾经。

　　她忍不住，思绪如野马狂奔、驰骋：剃度女子，抛却缕缕青丝，以绝红尘之恋。她呢？

　　想当年，她与他，洞箫声声醉心，诗词歌赋篇篇展才华，温来一壶酒，对影成三人，心却温暖。如今，伊人独憔悴。

爱，让青丝黝黑、顺滑；情，叫人断肠；意，使人失去理智。

是谁赋予爱情的含义，又是谁诠释了情意绵长的真谛？

有朝一日，她青丝重新长长，长及腰间，问他会归来与她相伴吗？

远望，黑发如瀑布，背影窈窕。

那年，他亲手持木梳，一下一下，柔柔划过她头上的青丝，轻声细语，问她，何时能长发及腰。

有这一问，她就有一做——开始蓄发。

春花秋月何时了，往事知多少。岁月斑驳，光阴似箭，对他的思念，丝毫未减。四季，她依旧在北方小城烟雨江南的长堤上，着一身素纱衣，倚靠在柳树主干上，等他归来。

侧面，青丝如瀑，冉冉垂下，阳光透过罅隙，斑驳的影子里有她的期盼。

多少年，她不愿烫发，不愿卷发，只等满头乌发长及腰间，等他来梳理。

闲暇，她轻嗅发香，犹如蝶蜂眷恋，回眸含笑，百媚生。杨玉环"一骑红尘妃子笑"里的欣喜若狂，不及她此刻心里的遐想。

有些想法，不是今天想要，明日就能得到的；有些情意，不是一呼，就能来的；有些缘分，不是想觅，就能觅到的。

人云："百年修得同船渡，千年修得共枕眠。"或许是千年的缘分，万年的储蓄，才有今朝的厚积薄发，成就这一世的相逢、相知和相爱。

或许真是在三生石上相遇过，要不，怎会注定今生的渊源？

她和她，终究喜结连理，相伴终生。

经过几度春秋，她体态日渐丰盈，青丝绾成发髻，一轮浑圆，置于脑后。

人，大多喜欢团圆，自然有着美好的心愿潜在。团团圆圆，圆圆满满，团聚。家里的餐桌讲究圆，为上策；做事情讲究圆滑，为高情商。

纵观古今，多少高僧终生静心守护经文，打禅静坐，潜心诵经，静心领悟，目的就是追求一个圆寂的最好境界；多少膝下有儿女的父母，希望孩子能圆梦，不光是自己的梦，还有家族的梦；多少次对外合作，不论国与家，都希望圆满结束，取得成功。

他们修得圆满，甚喜。

不负光阴不负卿，不负美景不负心。她解开发髻，给青丝放假，使其散开，宛若江南女子在细雨中撑开的伞，优雅的转身，优雅的背影……恰恰就是这种留白，才让雨巷里的丁香姑娘给人一种美好的遐想。

美丽的事情，需要去想象；丰盈的姿态，需要有一双审美的眼睛；快乐的心情，需要自己去寻觅。

装扮只是一种外化，鞋子大小，只有自己知道；鞋底的洞，只有大地知道。为此，还是经营好自己的家庭，且行且珍惜。

移步于雕花窗前。繁星如织，凤凰湖里松涛阵阵，清风徐来，透过窗纱，六月，与她拥抱，她抬手，亲吻长发，再度飘逸。手中的红酒，依然沉醉在静谧中，呢喃，娇声细语。软化心中点滴不快，慢慢融化，融化……

清风不识字，何故乱翻书。打开了她案几上的宋词纷飞。长及腰间的乌丝也随之飞舞，顿时，她有些受宠若惊，怀疑是否要羽化成仙了。她静下心来，捋了捋头发，转而看看地上的纸稿，莞尔一笑。

弯腰，捡起，她重新端起红酒，邀请明月同醉，也许，醉酒后能效仿李白，浪漫一回，但是不敢大呼"仰天大笑出门去，我辈岂是蓬蒿人"。酒后毛孔舒张，诗兴大发，那样的境界不是更好？

长发妖娆，脸颊红云荡漾，心里惬意。容颜老矣，长发却已经及腰。他和她，携手一起慢慢变老，依偎热炉旁，同读叶芝的《当你老了》：

当你老了，头发白了，睡意昏沉
炉火旁打盹，请取下这部诗歌
慢慢读，回想你过去眼神的柔和
回想它们昔日浓重的阴影

多少人爱你青春欢畅的时辰
爱慕你的美丽，假意或真心
只有一个人爱你那朝圣者的灵魂
爱你衰老了的脸上痛苦的皱纹

垂下头来，在红火闪耀的炉子旁
凄然地轻轻诉说那爱情的消逝
在头顶上的山上它缓缓踱着步子
在一群星星中间隐藏着脸庞

诗意旗袍

谁家女子又穿起那久违的旗袍。

那婀娜动人的优雅身姿，袅袅飘进了我的心房……

喜欢这样的画面：江南的春天，烟雨迷蒙，撑着油伞的婀娜女子，着一袭素色旗袍，挺高脖颈，恍然，若有所思，就这样，缓缓在雨中漫步……

我一直对旗袍情有独钟，喜欢它的合体，它的雅致。那含蓄而内敛的风格，宛若流云，又似流水；清淡若柔风，恰似细柳；像是古琴，犹如宋词……那一件件精品，一款款清秀，一缕缕古韵，缓缓地、静静地、柔柔地流淌在岁月里……

经年风景，转眼即逝，储存的记忆里，能够搜寻到的寥寥无几。

挂在红木柜子里的旗袍，总在不经意间闯入我的视野，将我思绪再次牵起……

偶然的机会，我与一款白底淡紫色穗花旗袍结缘。

我的眼眸如同喝醉酒一般，怎么也挪不开。请卖家将那款裙子取下

116

来。当递到我手中时，我睁大眸子细看，丝丝缕缕与花茎缠绵，交织，那不妖不艳的穗花，更是写满恬淡、诗意。可谓百花丛里你最娇，万条裙中你最雅。

近距离看，亲手抚摸，爱不释手。最后，决定一搏。进入试衣间换上这款裙子。镜中，见到焕然一新的我，清秀不失文雅，恬淡不失精致，着实被旗袍的魅力折服。

或许这就是心缘。既然如此，何不就此与你相拥？我便借此机会，将旗袍揽入怀抱，感受你的体温，静享你的香气，沉淀你的韵味。在一双高跟鞋的映衬下，更显示出你的流畅和美、婀娜多姿、独特雅韵……

就这，还不能满足我心中的愿望，亦不能走出对你的迷恋。左转右转，张臂旋转，全方位展示你的魅力，镜中所见，实属美到极致。脖颈与香肩交汇处，三对盘扣倾斜成排，更有画龙点睛的意味，小竖领站得挺拔，似乎在彰显你的不依附、不攀缓的品质。

用丝丝缕缕的细线，一点一点地盘成扣子，新颖别致。丝线轻抚在盘扣上，平仄相间，婉约成一首诗词，那无言的韵美让我沉醉。旗袍两侧有几寸长的开衩，外镶边，凝脂若隐若现，更有风韵。我莞尔一笑，借来一把兰扇，迈动细碎的莲步，轻摇夏梦。

奇怪，那年盛夏，住在省城，却未曾感到燥热。或许，真是这款真丝旗袍，还给我一个小城女子喜欢的清凉。

自从那日，我便与你结下了深深的缘，不再流连于繁花似锦的闹区，而倾心于你那浑身散发的韵味：一池墨莲，一枝碧荷，一株幽兰，一丛牡丹……皆入眼，皆为心缘。

清风徐来，你仍旧淡然处之，笑靥依然，不惊不慌，淡定从容。任凭细风如何加大力度，你总保持不减的韵味、不消的容颜。我从内心钦佩你的圣洁心境：包容天下之风雨，软化一切世俗气。

毫不夸张地说，你的风姿，即使倾尽笔墨，也难描出你万分之一的韵美。闭眼，静心，细细地感受你无人能及的内涵，韵味。恍若我已超越了古代"四大美女"，成为绝世美人。此时此刻，我的思绪被你牵引，依旧在流淌，依旧在穿越……

香茗相伴，湖畔静心品味

太阳依旧东升西落，月亮依旧或圆或缺，嘉陵江水依旧由东向西……我却在烟雨红尘中苦苦挣扎，使我不得开心颜。

一日，回到久别的小城，登上凤凰湖畔的小楼，临窗远眺，却不曾看到只有夜晚才能出现的音乐喷泉，映入眼帘的是被风儿吹皱了的碧波，宛若少妇的脸庞，俨然又是另外的一种韵味。

我的眼球被那清幽的水波深深吸引，没有其他的颜色，就是一湖绿得透彻的水波，风儿拂过水面，它多情地眨巴着眼眸，香腮上荡起圈圈涟漪，迷人，醉眼，醉心。不知哪一处的细胞占了上风，让我感觉到这白昼的凤凰湖才是它最初的模样。不由得慨叹：人生若只如初见，该有多好啊！

思绪被湖水牵绊，登上湖畔小楼，高瞻远瞩，体验一种别样的休闲。

也许，大多好文之人都和我一样，喜欢那种返璞归真的感觉。

今天，我也不例外，索性换上一袭素衫，沏一壶香茗，躺在阳台的藤椅中，感受茶叶带给我的清香。

是啊，我们的人生也如这茶叶一般，经过水泡，膨胀，过滤，最后沉淀下来的将是一缕清香。即便是没有了淡淡香气的茶叶，也可以发挥余力。可以作为花肥，去做一个"化作红泥更护花"的使者，那也是不错的。生于斯，死于斯，"连羽毛也腐烂在土地里面……因为我对这土地爱得深沉……"

有人说，茶叶远比酒好。以前，我并不觉得，现在也赞同了这种说法。前一阵子，看到友人身穿棉麻素衫，坐在茶馆抚琴，那种感觉让我羡慕不已。

恰恰就是这样，朴素的日子，才是真正属于我们的。

想到这里，我更加关注手中青花瓷茶碗，里面的一片片青叶，缓缓地舒展筋骨，像一个个素朴的精灵，不染半点红尘，将自己原本的面目展现。不知道是哪一位姑娘用芊芊玉指采撷，也不知在哪一天将带着清露的绿意保存，更不知经过多少辗转，才让它与我相见。

或许是茶叶听见了我的心语，将一缕缕清香抛向空中，顺风钻入我的鼻翼。我急忙闭眼，静心凝神，吮吸这空间里的香气。一丝丝、一缕缕沁入我的细胞，熨帖了许多，远比吃人参果惬意多了，每一个毛孔的舒服劲，无法用语言来形容，只能慢慢地体味其中的精妙……

推窗听音乐

1

滚滚红尘中，人，总有一些情绪在流动，或悲伤，或兴奋，或哀怨，或欢快……在清风掀起裙袂的那个季节，满目的桃红柳绿，溪流潺潺，纸鸢高飞，游鱼浅翔……将重压于心的废旧之气，急于呼出，置换新鲜的气息入内。

这时，忽然飞来几只彩蝶，腻腻歪歪地缠着你，俨然把你当作一朵初开的春花。也许，此时，真心质疑了，莫非我是从广寒宫穿越到了人间？

就在我还未回过神的时候，包里的手机响了，我不愿意去打扰这种意境美，索性就让来电铃声《梁祝》萦绕在耳畔，唤起心中无限憧憬：曾几何时，我也曾幻化成蝶，与心爱的人儿，成双成对，欢歌曼舞。如丝，如棉，轻轻地在你的心湖上，划出丝丝波痕，演绎成一束束素白之花，宛若一江吹皱了的春水。

古典音乐，是属于过去的音乐，但它的精粹在历史的长河中始终闪烁着异彩。它作为一种健康、明朗的"感情符号"而存在，它像是一种黏合剂，可以使人的感情沸腾、升华，达到感情的"高峰体验"。

荀子早就提出音乐有"入人也深，化人也速"的强烈情感特征。表现真善美的古典音乐，能使心与心之间彼此关照、沟通，就像让·保尔说的："因为有了你，幽闭的心儿，相互呼应起来；因为有了你，在荒漠中遥遥相隔的声音，连接了起来。"

音乐，就像是打开紧闭许久的心扉，接纳清新的空气，让孤寂或者低迷空虚的心灵，连接起相隔的声音，顿时活跃起来。

生活在现代的我，对古典音乐有着一种爱不释手的感觉。

喜欢着一袭素色旗袍，手执一把兰扇，在碧柳依依的河堤上慢履，身旁的湖面上，偶尔有几只画舫或者小舟，来回游荡。湖中央的一座廊桥上，传来悠扬的二胡声，《二泉映月》牵引着我的思绪；天上一轮玉盘，山巅一轮时圆时缺的人造月亮。

一曲《高山流水》，顿觉此生贵在觅得知音；《云水禅心》的空灵幽渺境界，总让我渴望在浮尘中觅到一颗静宁的心，找回本真的我。

曾记得，那年与如烟去了灞桥，在灞柳依依的长堤上，耳旁响起了《云水禅心》的曲子，眼前鸢尾岛里的碧波，像是穿过我的心扉。一时间，似乎北水南调，去了江南，在一叶渔舟上唱晚。感受婉约旖旎的内蕴，烟雾弥漫的水天一色，琴音悠扬，满怀相思，寄予心弦……

情感，宛若一盏香茗。这些嫩绿娇柔的叶子，被赋予一种感情因子含在其中。洗濯后，浸泡数分钟，细品初来的清香。顷刻，味道渐行渐远，沁人心脾，舒展筋骨，激活细胞，散发抑郁，让心里的愁苦，随之褪去。

音乐，愿意结交有缘的人。

古典音乐，渗透细胞，引领人心向前。若浮躁汹涌而来，可在古典音乐响起之后，放慢所有步伐，慢悠悠地沉淀，过滤心中急躁，最后经过音乐韵律的过渡，就只留下了一片安宁、一片静谧。

每天生活在喧闹嘈杂的混凝土城市里的人们，更是对山清水秀倾注了许多期盼。我一直有个设想：等到年老之时，携同老伴的手，去那朴素的风景里，回顾往事，升华心境，一起在缱绻时光里慢慢走过。

从婴儿呱呱落地的那一刻起，他或者她对音乐就已有了质感的接触。

如今，深知音乐奇特。

然，聆听古典音乐，徜徉于唐宋古韵中，感受那美妙意境，美哉！

2

陈钢在《三只耳朵听音乐》里也提及到，现代音乐就像个万花筒。如今，随着青年一代思想的递进，越来越发现，现代音乐不仅是视觉的冲击，也是一种很有震撼力的冲击。

现代人，可能更喜欢那种节奏明快的音乐。从那些幼儿的身上，就已经可以看到他们喜欢一些西洋打击乐器。从形而上学地摇头晃脑到一阵盲目地跟风，再到后来的内心震撼，平衡。甚至，还可以自由发挥到淋漓尽致，达到尽情释怀。

也恰恰就是这些快节奏、重音色、易于接受的现代音乐，成了青年一族的宠儿。甚至，影响了许多年龄稍大，但心不老的人。他们敢于冲破年龄的藩篱，迸发出活力来，让青年人为之一振。他们或打击乐器，或伴舞，完全沉浸其中，一种忘我的境界，陡然突出，势如破竹，感染和影响了观众，展现出一种韵律美、节奏美、心境美。

现代音乐，可以激发创造性的思维。一旦灵感突降，哪怕厨具，哪怕桌椅，哪怕铁管，均能奏响心曲。又说，音乐境界便是心境的反应。

有着如此喷薄的激情，就有一种胆量，一种内心感受的客观反映。将不同的音符融合，注入自己的感情，升腾心情的巅峰。同时，调动全身细胞，四肢一起舞动，演绎心灵之曲。

也许，平日里，不曾静心了解关注过自己的心理期待、心理需求，若感到内心有一种冲动，已经按捺不住的时候，也就自觉或不自觉地融入其中，在身心二次融合中，找到了自我，看清楚了自己的方向。或许将自己原本很模糊的东西，一瞬间，忽觉十分清晰；或许，从此以后，便一发不可收拾，有了这种适合宣泄释怀的表达载体——现代音乐之后，心里更加愉悦了。

现代音乐，还包括一些国外引进的钢琴曲、提琴曲。都会使心绪很快地融入一种意境当中，宛若血管里流动的液体。曾记得，《月光曲》让多少人跨过国界，迷恋不已。不知，剧院里多少次，都是座无虚席。那种倏尔急骤、倏尔婉转的乐感，跌宕起伏，让听者的心情，也随之波澜起伏。眼前貌似有一种海浪，引领听众在心海里"冲浪"，在感官神经得到极度满足之后，沉醉其中，恋恋不舍。

喜欢那种大流量冲击神经的我，更是对现代音乐，喜爱有加。每一个节奏，或重或轻，都会撞击耳膜，穿透心扉，烙印心间。带着心情，聆听一曲悠悠的小提琴，过滤剔除浮躁的杂质。在柔和的静美中，流淌着一种微妙的、细柔的因子，烦躁之心绪，被一丝一丝、一缕一缕地消磨溶解，褪去，淡化……

人生在世难得有个好心情。

自我调节，成了一种能力，一种检验衡量适应性好坏的标准。不如意，不称心，在所难免。但是，每次美妙的音乐一旦响起，顿感精神倍爽，自然就会忘却烦恼忧愁。

倘若遇到很有潜力的人，一定会由听者变为作者，将心中的许多感受，借一种音符，心有灵犀地交流，疏通，共鸣，唤起诸多同行者，一起加入现代音乐的队伍中来。

　　舞动的音乐，音乐的舞动。你是个舞动灵魂的精灵，你是心灵的律动和交响，你是生活中的一股清泉，你是陶冶性情的熔炉，你是一种拨动心弦的声音！

　　音乐，你让我沉浸其中，陶醉不已，你让我心驰神往，流连忘返；音乐，你是我生命的桅杆，你是我奋进的风帆，你永远是我生命中不离不弃的最知心最亲密的伴侣！

遇见

大千世界，滚滚红尘，万物竞相生长，千人擦肩而过。而能与一些人和物相遇相见，这或许就是千年修来的缘分，理应珍惜……

——题记

1

时光如白驹过隙，匆忙而逝。我与学生慧相遇是在两年前的春天。

当时，我们并不认识，只是因为我要当新生班主任才将缘分浓缩在一个教室里。

一对眸子盈满了对知识的渴望，一篇作文里灌满了她的善良，一次交谈中体会到了她的内敛……就这样，一位娉婷静柔的女生闯进了我的视界、我的心空……

日子就在教与学的过程里蔓延，不只是课堂，还有课外。

或许，是我们都有爱好文字的情怀，所以，有时候，总会在对方的

QQ 空间里留下足迹。因而，不经意间，将细胞里的多愁善感凝结成一个个方块汉字。或柔情缕缕，或抑郁满怀，或澎湃万分……

七百个日子，悄无声息地将我们推到了离别的边缘。只能暂时放下那些曾经拥有的唐诗宋词的风雅，将一腔的不舍化作热泪双行——今年初春，随着班车的启动，她将南下。

她在走出教室的那一瞬间，忽然转头说将她那把心爱的透明塑料伞送给我。

是那种纯白的，里面的支撑铁架都清晰可见，它像房子的大梁、柱子，雪白的伞布则像是一个大大的屋顶。当我接过那把伞的时候，第一感觉就是那年我遇见了慧，的确是在正确的时间里遇见了对的人，或许本就是一个美丽的故事。

在平淡的日子里沉淀着真实，在曾经的足迹中坚守一份爱好，在今天的离别中寄托一种关怀。

慧，你离开我已有几个月，不知一切可好？

每每看到那把伞，她那双聪慧的眼眸，总在我的眼前闪烁。

一日，春雨蒙蒙，我特意撑开她的那把伞，去了操场，在花红柳绿中独自慢走，任凭雨滴温柔地落在伞面上，留下一个个晶莹的水滴，再缓缓滑落，像儿时溜滑梯一般，顺溜极了。

那透明的伞、透明的水滴，蕴含着她透明的心——纯真，率直。

我仰望着头顶的伞，浮想联翩……

我打着慧的伞，站在姹紫嫣红的花园中，忽觉这把伞莫名地素净、淡雅。索性就将手中的伞柄旋转了起来，水珠随着伞面，一起转圈，一起舞动，一起滑落。这种动感很流畅，伞，在雨丝中滑过，一个个飘逸洒脱的弧度，宛若慧的笑脸，满是温柔。

雨伞下，我身上的风衣，因为没有系扣子，也像张开的鸟翼一般，连同那把伞同一方向、同一速度，转了一圈又一圈。在这诗意浓浓的雨丝陪衬下，轻柔曼妙的舞姿，吸引了众人羡慕的目光。

一时间，我的周围挤满了打伞的同学，他们也和我一起旋转手中的花伞。

然，唯独我这把素净的雨伞抢眼，彰显了一种与众不同的气质：保留素雅与纯净，不沾纤尘半点。

我虽不是屈原，不说什么"世人皆醉我独醒"，但，我却在学生慧赠送的那把纯色雨伞的呵护下，愿意用一颗纯净的心，来度过每个春秋。

我躺在绿草如茵的地上，将那把纯白的伞，放在双腿的一侧，俨然是一道亮丽的风景线。拿起手机，随手拍了下来，分享安怡自在、神清气爽的感觉，这绝对不是仅靠几个文字能表达的。

阳光下、细雨中，那把伞就像是慧的笑脸，似乎在说当年遇见彼此，就是缘分的开始。

寝室里彩色粘钩上悬挂着慧的那把伞，目光每每和它相撞，内心就涌动起一股热流，我姑且就给这把伞取名为"遇见"。

2

今年正月，带儿子去城西的羌寨转悠一圈。

这里挺有情调的，小桥流水人家，鱼翔浅底，柔长的枝条总会拽住游人的头发。我移步换景，注目于里面的每一座碉楼，每一个建筑物。

忽然，我的目光落在一个咖啡屋的门牌上——"遇见"。初看这名字，我就觉着有一种掩饰不住的情调外溢，是浪漫、温馨。

不由得驻足观看，周围用条石砌成的墙面，有几分复古的意味，不很宽的门被漆成优雅的黑褐色，有些像咖啡的颜色。宛若主人用了许多咖啡将门浸染，连同木头一起湿透，飘出淡淡的咖啡香气，且给这一间小屋赋予浓郁典雅韵味。想必咖啡屋的主人也是匠心独运，别出心裁，才营造了这样的氛围。

遗憾的是，正月间，"遇见"咖啡屋不营业。恰好给站立在门外许久的我，很大的想象空间。

里面肯定会有那种较为复古的灯，在原本并不透亮的屋子里散发着一种安静，让来这里享用咖啡的人，能在滚滚红尘里暂时找到一处心灵停泊的港湾。墙上装裱着一张张文艺复兴时期的图画，就连这咖啡杯子也加入了二十世纪的流行元素，空间被一支贝多芬的《月光奏鸣曲》充满，那种回忆的甜梦，也像在憧憬未来；透过窗户，看到不远处的"萨朗湖"清波荡漾，西南两面山体上的星星灯映照在那湖面上……

它的外面是一幅浑然天成的风景画，咖啡屋里是一幅复古画，相得益彰，内涵倍增；中西合璧，两种不同底蕴的文化碰撞，交织，摩擦，闪出更耀眼的火花来。

我在这里遇见了谁？会遇见谁？我的心里有些没谱了。不由得回头看看周围，也有些外地游人忙着留影，却都忽略了这么一个不足一米宽的门——遇见。

就在这一瞬间，我看到了远处石径上正推着自行车寻我的儿子。大脑一下子亮堂起来了，遇见的人不是外人，就是上天赐予我的儿子。

再次注目那个咖啡屋的牌子，我想起了千百惠的那首歌《走过咖啡屋》，在这种浪漫的时空里，我随着儿子的呼唤徐徐地走着，走着……

在陌上红尘中等你

　　一份尘缘，一份期待，都为你；一片花开，一个世界，都因有你；一份执着，一份守望，只为等你。四季轮换，老了容颜，沉淀了心境，醉了心怀。

——题记

　　光阴如白驹过隙。红尘里，总要有人相陪，若孤单地走过一生，便是寂寥终生了。

　　或许，在三生石那边许愿已久，寻觅将在此生相逢的那个人。君不见，香雾缭绕两鬓，痴心等候打开心扉的人儿。一湖清水，波澜不惊，显得单调。谁人划得心之船儿来，驻留在我处，陪我临水弹琴，且听风吟。

　　白落梅说，"煮一壶杭白菊，将心事熬成经久淡雅的芬芳。倚着窗台，听那繁弦幽管，叮叮咚咚拨响了江南灵动的曲调"。我在北方的小江南，等你许久了。

凤凰湖传说有凤凰这一图腾带来吉祥如意，住在这里的人常年绚烂多姿。因而，我追随那美丽的故事，在湖水斑斓的日子里抚琴，希冀有洞箫相伴，引发心灵共鸣；希冀能让江南女子在瑶音蝶衣里陶醉，恍若成仙；希冀能把人世间的无限忧愁，抛至从未有过的那一世。

平日里，琐碎事务缠身，那也是生活的必要，但是最关键是你的出现。你在何处？让我寻觅了几世。

百年修得同船渡。与你的缘分不足百年？为何不见你和我在今生相逢？久久地反问自己，你会是一种什么样的面孔？也许是风流倜傥的公子，也许是仪表堂堂的才子，亦可能是内涵高雅的儒士。一切的一切，都在默默等候中滋长……

我愿意在这种等候里与你邂逅，拾起岁月里那些用晶莹泪花串起的珍珠，圈住缘分做成的玉颈，要你亲自为我戴上那串珍珠项链。你的心意、你的爱意，全部融入。缓缓地注入了真诚，冰释心中压抑。

喜欢在墨香里浸泡的江南女子，总渴望能在陌上花开、彩蝶翩飞的季节，与你在烟雨江南相遇，四目相对，此时无声胜有声。那种意境，仿佛将时间凝结在你我之间，三生三世也浓缩成今日。

今日的相遇，便是明天的相伴。

在青烟袅袅浮云生的岁月里，我的身旁总会有你的影子；在秋花凋谢的失落中，却总有你的慰藉；在春意浓浓的盛景里，与你翩翩起舞在李花雨中；冬雪皑皑，染就山川，一身银装素裹的流年中，同赏红梅报春。

虽说，谁也不是谁的谁，但，我却在缱绻红尘中，在熙熙攘攘的人群里，在斜风细雨不须归时，透过多少障碍，寻觅你的踪迹。

那日，你姗姗来迟。将我的珍珠项链轻轻取来，捧在掌心，端详了许久，揣测我给每粒珍珠里所倾注的心血。这种盈满爱恋的感觉稍纵即逝，你用一种深情托起我的下巴，顿悟相思之苦。

你许诺，今生不再让我苦闷，给我幸福。

长安繁华，却不是我的愿望。

烟雨江南，我喜欢这种淡雅的风趣，便打算许下我三生的诺言，与你相随。一曲相思调，凄然泪成行。自从与你相逢之后，便把期待写进流年。

我临窗凝神，伴着孤灯，抒写翩跹时光里你的踪影。品一壶清茶，听一支弦乐，将时光里的倦意打散。半生虚度的片段，在淡香里拾起，往事如烟。

曾经的许诺，与我携手入红尘，同窗临月，把盏吟诗作赋，如今，也成了一种回味。在这清静的江南，细雨绵绵，勾起无限思念，只是容颜改。

手心里的茶盏却无名地成了咖啡。把那种浓浓的追忆化成了微苦的液体，划过流年浓缩的心田。吞咽些许寂寥或落寞，空对悠远的意境。

丝丝润滑的感觉，却如同缕缕细雨缥缈在烟雾迷离的江南，自带几分朦胧。

韶华易逝，覆水难收。何时才能同住暖帐。不羡鸳鸯不羡仙，渴慕双鱼乐游，双燕齐飞。

朝阳暮光，都在轮换中寻觅属于自己的那方净土。

我在寻觅什么？

抬眸的一瞬间，却感到有种东西暗涌，让人倍觉难受。手中的咖啡，早已经没了温度，那就随缘，凉咖啡或许是另外的一种风味。带着这样的思量，品尝一番，的确和我此时站在江南船头上的感觉吻合。

曾经的长发及腰，等候你归来，为你挽起青丝；曾经的浅描淡化，那也在失落中倦怠，只为你重新梳妆；曾经的琴瑟和鸣，挥毫泼墨，搁浅在斑驳的岁月里，遗忘许久，等候你让我心波荡漾。

远在一方的君，可否知我心，解我情。独饮相思，一窗冷光，一地薄霜，一人眺望。远看红尘路，不见归人语。浓浓相思情，悠悠伊人心。满怀惆怅，青灯相伴，断肠人却为情殇。

捻起落在江面上的花瓣，轻嗅之后，缓缓放回，望其能漂至君的身旁，与你相随。满载陌上相逢的记忆，凝结成心情诗行，花香润纸笺，并拢两颗心，融成一座城。

在陌上红尘里眺望，就为等你。

望月又相思

> 一轮明月，一地清辉，一份心绪。飘逸在尘世的梦，去了广寒宫，转而到了人间。转朱阁，低绮户，照无眠。
>
> ——题记

清风徐来，单衣欲飞，裙袂起舞，弄花亲水。沾满清露的浅草，在初夏的夜晚，异常灵动。眸子里盈满剔透，宛如水晶，将尘世的美好镌刻，把浓浓暖意融合。带来一个圆润的今生。

一身疲惫在清淡的月光下，褪去许多。仰望远空里闪烁的眸子，演绎着千年神话。把牛郎织女的一腔相思化作满天星，日日相伴，夜夜想念。

苏子曾把酒问天，"明月几时有？"今夜，便有了月神光临。

"转朱阁，低绮户，照无眠。"亦是难有的辗转反侧，思绪飘飞的日子。对白昼的难忘之事回味，领略其特殊的况味，独享一种美好；对远方之人的缕缕思念，化作美好，遥望明月寄相思，静享一种牵挂；对月宫嫦娥特别羡慕，慨叹韶华易逝，红颜易老的无奈，坐享一种成熟。

大凡和相思有关的诗词，皆与月亮相连。苏子、李白、张若虚……举不胜举。或豪放，或婉约，或高唱，或低吟，不失为一种静谧，一种期待，一种美好。

"举头望明月""滟滟随波千万里，何处春江无月明"。今晚，月，并不孤单，与黛色的远空相伴，与一江潋滟的春水相随。遥相思，念家乡、念亲人。无限的真情，寄托于从未陨落的明月。

月，虽时圆时缺，但终究期盼团圆。每逢佳节倍思亲，家人共聚圆桌旁，捧起一圆钵，拿起一长把圆勺，团团圆圆，美满可亲。中秋佳节，月饼自然也是缩小版的月亮，镶嵌在心上。"满目月色笼庭院，远山如黛青墨连。回首一瞥心神定，常愿君心将我卷！"我对着月色呢喃。

北城，一个被誉为江南的小城。初夏的夜，并不暖和，偶尔还会骤增几分料峭，虽不及秋冬厉害，但还是温差很大。

凝望明净如水的月儿，玉盘高悬于中天。不知嫦娥可否住在广寒宫，渐渐老去的吴刚可否忆起那峥嵘岁月？身在异乡的爱人，可否记得花前月下吟诗作赋的时光。

思念，乃是心底里荡漾的扁舟，涟漪圈圈在心湖；思念，如同一线纸鸢，飞得越高，牵挂越多，但总有一头紧握在手；思念，借一双素手拈来琴弦，注满心中的爱恋，如淙淙溪流，从高山淌下。

月满西楼凭栏久，手中鸳鸯谁人绣？一幅双鸟戏水图，在月色的掩映下，愈加清冷，少了些许浪漫、温馨，多了几分静谧。

那轮明月从斑驳的流年里走过，把经年的传说流传；那轮明月从泛黄的诗词卷中走来，留下了许多墨香在时代长河；那轮明月从上古的爱河里走来，玉兔捣药的经典，成了精彩的演绎。身披月光，仅仅属于夜的月光，叫人更知道秦关汉月的魅力十足。

它像是在缱绻流年里，看着痴情男女的绝美许诺，见证着山盟海誓的兑现。貂蝉一心盼望能和有情人比翼双飞；身处异族的昭君怀抱琵琶，根根弦上有相思，汉家宫阙，何时才能还京都。

红颜易老，月光依旧。在月宫里，嫦娥怀抱玉兔，徜徉在依旧如昨的岁月里。

星罗棋布的夜空，唯有你——月亮，最为耀眼。盈满两袖清辉，抛却三千烦恼丝，想起今生与你相遇在初夏的那个夜，时过境迁，景同地不同，人亦单，举首望月，一颗素心，虔诚奉上，希冀能带到君的身旁。

婆娑的影子，摇晃在流年的长堤上，却不因为月亮的偏转，而忘却那年的承诺。

君住长安城，我居小城一隅。

等你在月光下，凭栏已久，看嘉陵江水西去，前赴后继，却不知道君何时才能来。月光斜洒在雕花窗棂上，一纸清欢，素手扶住经年的花瓣，问春花秋月何时了。

茫茫人海，悠悠情海。月老曾用一线红色，连理无数痴情男女终成眷属。这，或许就是人世间的一种真情，低调而奢华的内心世界，谁人懂？

恐怕，只有月老。

流年的沙漏总在不经意间划过。月，自从在久远的上古升空后，便再没有陨落过。时圆时缺里蕴含人间的悲欢离合，也能读懂沧海变桑田的精髓。

月色下的红颜胜过百花，一支琴曲从远远的石桥上飘来：或如匆匆溪流，或如旷古奇音，或如窃窃私语……融合月与相思，让美妙在时空、心上永久驻留，甚欢！

邂逅在烟雨江南的北城

江南女子，不是采莲，亦不是唱曲，着一身古典衣服，盘扣或在侧面，或在正面，裙裾或长或短，颜色或深或淡，缕缕青丝或绾或扎的样子，早都我让我渴慕已久。

曾经见到过江南的阿婆摇橹唱曲的场面，尚未见到江南淑女"犹抱琵琶半遮面"的娇羞。多年前，目睹昆曲演奏，那也是在苏州的一个园子里，弹琵琶者并非少女，年纪已近半百。

时过境迁，我却一直不能忘怀。流连于如画的水乡；流连于江南女子独领风骚的气韵当中；流连于吐气如兰，音质纯美，入心悦耳之中。

虽说不同年龄阶段，自有不同的美感。可终究我还是喜欢婀娜多姿、细腰如柳、含羞惹人怜的姑娘。皮肤白皙，犹如一张宣纸，既不干涩单调，又有几分柔和。自会带来丰富的灵感，或作画，或泼墨，亦可选择山水风景，也能钟情于侍女图幅，在佳作尚未出炉之前，早已经是胸有成竹，腹内自有一种内在的气韵悄然流动。

一次邂逅靠的是缘分，一次相遇靠的是引力，一次长谈靠的是魅力。

将尘封许久的心门，重新敞开，便有了新鲜的空气趁机进来，和里面的旧气息互动、对流，焕发一种叫作新生的力量。或许这种力量，便会从心生，从喜欢当中徜徉而来，升华到爱的境界。

江南女子，并非要有倾城倾国的美貌，最佳的是需要倾心。西湖畔，曾有白素贞出现，那是千年神话中的蛇妖，已经超乎了人的美感，超出了人所能拥有的美之范畴。

我是生活在北方的一位寻常人家的女子，喜欢徜徉在文字里。总梦幻般地渴望能手撑一把油纸伞，身着旗袍或者丝质的裙裾，闲逸地行走在柳风萦绕、水波粼粼的堤上，抑或是在画舫中。

在古琴突起时，我回眸的瞬间，便是对红尘的再次留恋。

和自然界对话，亦是不错的选择，难得的境界。高山瀑布流淌的音乐，定能让我的心绪驰骋在广袤的草原或者遥远的大西洋上；丝丝绕绕缠绵的丝竹声，断然会勾起对心上人儿的无限思念；优雅的管弦，洞悉"相思在弦上"的悠远和韵味。

今日有幸做了一回江南女子，长过肩头的乌丝，部分隆起，部分垂下编成细花辫子，发梢卷翘。几许温情，几许妩媚。平镜里的女子，一冒柳梢眉，深咖色的眼影缠绵在黛色的眸子周围，纤长的睫毛，述说心灵独白：做一回江南女子。

不羡鸳鸯不羡仙，只愿做一回江南女子。

长安繁华，难许我今生情缘。三生石上情缘再续，不知前生和后世。

生活在今世，就来许下我的诺言。

巷陌里，不与你相逢；陌上花开时，却与你在梦里相逢。洗尽铅华，已近不惑，却在人间五月天的季节里，与你邂逅在北方的江南水乡。有人说，我应该生长在南方原版的江南水乡，因为我喜欢琴音蝶衣，因为我有灵气，因为我更懂得飘逸的内涵。

这个我倒从未深究过。只是感觉在春暖花开的五月，北方能有江南水乡的氛围，我便想做一回江南女子。盈满两袖清风，任凭两只蝶衣袖子飞舞在琴弦上，十指轮换在古琴上。倘若岸上还有一只洞箫相和，那便是最绝美、最享受的事了。

回眸处，他在那头笑。

江南，总是令人心生向往羡慕之情。烟雨蒙蒙，细柳依依，微风过处，一位窈窕淑女，凝眸静望。肩颈旁的一把油纸伞，显得颇有情调。或许，她在流年里，穿越了千年的传说，求证曾让妙龄女子渴慕的许仙白素贞的爱情神话。

在褐色的石阶上，看眼前的情景，别样地绮丽。不是彩虹的格调，亦无纸鸢的曼舞，只是一种如诗如画的流露。

遥望船头，淑女依旧保持朦胧的情态，或许是沉浸在一段奇遇当中了。

在忙碌的日子里，斑驳的岁月中，能有几个时日，朝看晨辉，暮赏云霞，煮时间为香茗，慢悠悠地品读风月，风情万种，倾心于俗尘里，绝对超俗洒脱。

苏轼曾赞叹江南"水光潋滟晴方好，山色空蒙雨亦奇。欲把西湖比西子，浓妆淡抹总相宜"，陆游和唐婉的美好情感，也被演绎成越剧，在江南落户，广为流传。多少痴情男女，都在羡慕他们；多少有情人亦在传诵他们的故事；多少才子佳人来到江南，总要寻觅他们的踪迹。

我顺着这些美丽的神话、美丽的故事，去了江南却没能找到陆唐的影子，亦没见到白素贞和许仙的痕迹，只有那穿越千年的残留，做了见证——断桥。

带着几分遗憾，几分失落，回到了北方山城的小江南。这里的山远比那里的山要巍峨些，线条要粗犷些，可是这里的水，却灵动得多。因为极清净，没有太多的追慕者。驾一只小船，穿梭在清波上。

无疑，多了些许明净和清澈。

眸子里盈满清净，也无从有过李叔同的踪迹、谢灵运的木屐，只有江南女子淡淡的身影。我已在这里的江南住了好多年，从一个襁褓开始，便成了地道的此地江南女子。

我喜欢在烟雨当中漫步，喜欢抬眸让细雨划过长长的睫毛，喜欢在雨中静思，在时光里翩跹，在岁月里放歌。低吟浅唱，蝶衣瑶音，辨听丝竹，偶闻蛙鸣鸟叫。不用遁世，无须远离尘嚣，便可享受笑语花香江南。

这里，仍然能相遇知己，相逢在烟雨中，相遇在柳荫下，相遇在文海里。

花前月下，那也许是一种气氛，但在北城江南，雨中与恋人同船而站，撑伞远眺，扣舷而歌，相伴而舞，却不失为一种最适宜的选择。

喜欢文字的江南女子，浑身上下透露着雅致，流淌着与众不同的气韵。徜徉在唐诗宋词里，小令长调、汉赋之中。一颗素心，化流年于信笺上，洇成诗行，风干后再夹在记忆的书页里。

青花瓷的茶盏，捧在手心，香气四溢，醉了江南女子的眼眸和鼻翼，盈满两袖清香，韵味浸染一池春水。风儿吹落的柳叶，细长，漂浮在水面，点缀梦幻的春色。

一只船，一把伞，一盏茶，两颗心。这本就是一幅美轮美奂的人间盛景。承接"清水出芙蓉，天然去雕饰"，无须任何色彩渲染，便已是韵味十足的水墨画。

在我而立之年，我邂逅了江南。江南的万般风情，我化作一睹，一悟，一笑！唐伯虎的风流、王勃的狂放、李清照的婉约、唐婉儿的幽怨，已成为我心底的窖藏，即使岁月已改，我仍对其未开封。

江南，历经千百年的赞誉浸泡，是否风景旧曾谙？江南，是我心中一个深深的情结，而我与江南，注定是一个匆匆过客！

而邂逅在烟雨江南的北城，居住在江畔，慢慢成为这里的一道风景。

书香，洗心尘宁隐逸

冬日难得一缕暖阳，慷慨地从窗户的玻璃上泻下来，透进屋子，斑驳的影子打破原来的单调，添上点点暖意。

我沏上一盏香茗，捧上一卷墨香，斜倚在沙发里，任凭阳台上透进来的光影跳跃在眼前。沉浸在香味十足的文集里，也把俗尘中的浮躁浸泡在香雾缭绕的云烟里，润泽干涸。

今天我很幸运。静静地坐在窗前，汲取书中的精华，为之动容，时而泪光点点，时而慷慨亢奋，时而叹气摇头。

我的情绪就像香茗散发、升腾起的淡淡薄雾，缭绕，曲折，渐次。

我放下书卷，轻身起来，给茶杯里又添上了些水，透过纱窗，望着眼前的凤凰湖波光粼粼，映衬暖阳，如鱼儿欢跃，心情也受到影响，略有起色。轻柔地举起手中的茶盏，慢悠悠地送到嘴边，温柔忘情地呷了一口，唯恐破坏了此时美妙的意境。

这种纯净，就像我赤足漫步在海滩上，任凭海风将潮湿吹来，不带一点污染，将最纯洁的印记留下。要做到"净"，又是何等地不易？

我们散落在红尘里，哪天不是沾满俗世的尘埃，这会儿却被书香、茶香彻底濯洗，包括灵魂的深处。

　　大隐于市，小隐于野。

　　在滚滚红尘里，给自己留下坦然面对的心地，不是一种隐逸，还能是什么呢？

　　生活在动态中的我们，静，便是净的准备；经，便是境的路途；敬，是最美的风景。

　　人生何处不相逢，人生何处无风景，我们就是最美丽的风景。或是一抹娇颜，或是一处典雅，抑或是一片灿烂。风格迥异，所收到的效果自然不同。

　　然而钟情于淡雅之风的我，仍然喜欢手捧书卷，斜倚在竹椅里，任凭头顶的暖阳，穿过玻璃，斑驳地投射下来，隐含了流年里的阳光和阴霾。

　　古人云："书中自有颜如玉。"这已经让我们对书卷的价值和内涵充满好奇，不只是吸引，尤其成了喜欢徜徉在墨香里的才子佳人的钟爱，方正的汉字，淡淡的墨香，悠远的意境，生动的描摹，情真意切的流淌……每个所经过的细胞，都是别样的感受。远比神仙吃了人参果还要服帖，还要惬意。

　　迷茫，可由书卷来引路，宛若行走的海中航船，见到灯塔，亦看到了光亮和目标；又如行走在沙漠里的骆驼和行者，见到了绿洲；再如干涸的土地和庄稼，遇到甘霖。

　　这种酣畅淋漓的吸收，便是把精华融入，完成一次生命的辉煌。

　　生长在北城小江南的我，更是喜爱在江上泛舟，侧卧其中，手捧书卷，任凭缕缕清风拂面而过，任凭发梢亲吻脸庞，任凭裙袂风情万种。今不画眉，不涂胭脂，素妆与书卷相伴。

　　和书香女人在一起，只需要慢慢欣赏即可，无须多言。像是欣赏一件青花瓷器皿，又像是件在岁月中沉淀下来的旗袍，或者是空谷幽兰，总之让人顿觉赏心悦目，心情怡然。

"腹有诗书气自华"大概就是这个意思吧。

着一袭素裙，捧一卷诗词，穿过唐风宋骨，伫立或游走在红尘里。不敢自比不愿为五斗米折腰的陶渊明，喜欢旅游的谢灵运，看不惯俗世的龚自珍，千金放还、游山玩水的李白，与佛结缘、喜欢清静的"诗佛"王维……但是却愿抛弃红尘里庸人自扰的三千烦恼丝，静心品读诗词卷。

归隐是一种态度，并非是穷途末路。

我们今天生活在城市里，或者乡村里，亦可归隐。不去追求浮华，追求一种淡然。一豆羹，一箪食，一件衣，一瓢饮，足矣！

世上华服有万千，只需几件；弱水三千，只需一瓢饮；美人千万，只能娶妻一位；美酒万种，能饮几杯？

时间如白驹过隙，哪能停留在某一时刻等候我们。且行且珍惜，因为世界上的你我，都是独一无二的，世界上的每一天，都是仅有的唯一。

心暖，情自暖；书香，人自香。

静心归隐在书斋里、小舟上、幽篁中……这是一种境界，一种优雅。读懂人生的人，或许才有那种淡然。

一种索然无味的人生，一种没有生活品质、没有韵味的生活模式，简直就是一个扼杀心情的"杀手"。

回首看看身后的足迹，有深有浅，倒不如给自己的心灵放假，休憩之后，重新静下心来，捧卷诗词，荡涤浮尘，宁可隐逸在其中。

书香女人，墨染春秋

　　女人，一领旗袍裹住玉体，分外典雅。身姿妖娆，步履轻盈。多一字嫌累赘，少一字欠神韵，妙不可言。倘若，芊芊玉指，再掬起一卷诗词，韵致自全出。

　　岁月斑驳，痕迹却依旧丛生于脑中、心上。方块汉字，是中华民族几千年的文化积淀。喜好书卷的人，自然剔除了俗气，甚或些许妖气。宛如在缁尘中，独觅一处纯净，徜徉在文字中，吸收书中精华，成为儒雅之士的首选。

　　墨香，若偏爱女性，那更是了不得的。一说，女人是水做的，本身就很温柔，意味着可塑性极强，那么书香渗透，假以时日，绝对胜过艺术品。举手投足间，泛着淡淡的书香，抚瑶琴，手握毛笔，饱蘸翰墨，洒脱飘逸于宣纸。

　　滚滚红尘中，多少女子被琐事淹没，情致全无，仅靠一点脂粉，掩饰人老珠黄。红妆散尽后，只剩下了随遇而安。目光呆滞，空叹红颜易逝。

有一种美叫作自信，让气质渐起；有一种气质叫韵味，让感觉升华；有一种感觉，让人领悟高雅；有一种领悟，让整体雅致。

所谓的雅致，即高雅精致。

女人，不单是梦寐以求锦衣玉食，抑或有个白马王子伴随，以便追求精神愉悦，理顺随心所欲的内涵。

一盏灯，一束光，一扇窗，一缕风，一卷书，一杯茶，一种投入，一种境界。

借着阳光、月光、烛光、灯光，博览群书，被墨香渐染。心灵上颇有收获，境界亦能高出许多。

古人语，"书中自有颜如玉"，而"黄金有价玉无价"。喜好玉的女人，高瞻远瞩，脱俗清雅，气质压倒一切。

女人，总叹息容颜易老。名贵化妆品能补救表面，却无法延缓自然规律，只有气质、气韵提升，方能弥补缺憾，尤其是想要追求"腹有诗书气自华"境界的女人。

虽说四十岁之后的女人，无论从经济还是从生活百科方面来讲，都趋于成熟，但终究尚需不断提升品位。她们深深懂得，无须依靠"好马配好鞍"来粉饰岁月无情的刀痕。在打理好俗事后，独自静心读书。修身养性。

蔡文姬算是美女级别的才女了。中年之后，仍旧是芳华尽显，并非有灵丹妙药，而是以书养颜，以书养心，以书养神，以神生韵，令人羡慕不已。

在七彩光里，移步楼台，仰头远眺，顿觉浑身舒畅，精神愉悦。怎一个"美"字了得？

莲、兰、梅，各有一韵、各有一味。淡雅素心，终究一样。拂去心之尘，沉淀心灵。不为功名利禄而纠结，淡泊之心待之，自然会心情舒畅，矛盾缓解。

被墨香染成的女人，赏心悦目、心旷神怡。精致得宛如一件乐器，会弹奏出绝妙的乐曲；高雅得如同一幅千年画卷，不容亵渎；饱满得犹如立体的山水画，集声、形、神为一体。全方位的享受一场盛宴。

爱美之心，人皆有之，不分彼此。

美得肤浅，不如美得地道、美得透彻。

书的魅力，折服何其多的才子佳人。

书香女人，墨香浸染，韵入骨髓。

徜徉在充满墨香的书斋，心中那朵素雅的莲，如若盛开，清风自来。

醉卧湖畔，笑看流年

光阴缱绻，转眼，凤凰湖已过足岁。前不久，它干涸了，河床裸露，砂石成堆，满目萧条。那时的伤感，今日却被这一湖清波荡涤。沉醉于湖上琉璃多彩的画舫，眼眸醉倒在湖畔高楼大厦的霓虹倒影，心随着花式喷泉舞动，时而婉约，时而豪放。

黛色的空中，繁星点缀，一轮明月宛如玉盘高悬；四周的山体，披上亮晶晶的灯饰外衣，显得分外妖娆，眨动眸子，闪烁有律；遥望凤凰湖上的两座廊桥，风格迥异，宛如一对情人凝眸对视。聚焦于凤凰湖，更是热闹非凡：西边有球幕电影，东边则是变幻无穷的大型灯光音乐喷泉，正在高歌《彩凤高翔》……

被誉为"水韵江南"的小城，自然有她的气质蕴含在其中。身着休闲服的我，不忍冷落这尚好的夜景，决定回家换上白色裙衫，徜徉在金丝柳、樱花树、冬青树围绕的长堤上，静观，体悟沧海桑田变良辰美景的惬意和满足。

我素来喜欢向晚撑一把碎花伞，在斜风细雨中慢履，高跟鞋敲打着青石街道，感受时光沙漏。一任头顶的清辉泻下来，清淡素净，恰与一颗素心相称，体味唐风宋骨、诗情画意，游弋在静雅的韵味里。

做一个旗袍女子，缓缓行进在两旁古香古色的宅子所夹起的巷子里，优雅的身姿淡然移动。身后依旧留下淡淡的香气和非凡的气韵。旗袍勾勒出姣好的曲线，演绎女子的独特魅力。

叹息自己营养过剩，辜负了旗袍，辜负了那江南女子独有的气质。决心减掉赘肉，还旗袍一个原来的自我，亦是还我一段良缘。

在镜前自我欣赏许久，越发爱不释手，从此，便喜欢上了旗袍。如今，一个书香女子，自然更是迷恋旗袍。

旗袍，不单是一抹风景。

喜欢水墨画，那亦是一种意境。墨香浓浓，举手投足之间，散发出一种优雅从容。

趁着夜色，着一袭素色长裙游走在长堤上，站在曲直有序的柳树下，享受小城湖色。往日是一片静谧，而今却是流光溢彩。或许换个场景，亦是一种风味。遗憾的是，一人赏景，像是少了点什么。于是，呼朋唤友，饮酒赋诗，横笛当头，或把盏品茗，畅谈人生。

倚栏眺望，湖光艳影在清澈的水中招摇，倒使我想起了徐志摩说的，"那河畔中的金柳，是夕阳中的新娘，波光里的艳影，在我的心头荡漾。软泥上的青荇，油油的在水底招摇"。此刻，在凤凰湖的柔波里，我甘心做一条小鱼。

我没有林徽因的才气，没有徐志摩的剑桥之行，亦没有异国之梦。独有静享美如画的北方小城之江南景色的念头，不想也"轻轻的我走了"，就想驻足在湖畔，移步换景，随心随性任由我绽放精彩。

水是有灵气的。今天见到一湖清波，抑制不住久违的兴奋，倚栏观看每天必有的喷泉表演。作为一个居住在湖畔的人，前些日子干涸了的凤凰湖充斥眼眸，实感痛苦。在漫长的期盼中，憧憬一湖碧波早些到来。

咖啡适合在屋里细品，香茗则是需要静心细细体味，醇酒自然就要豪饮。

长裙女子，在凤凰湖畔，就喜欢手捧一盏香茗，与这美景相融。淡淡的幽香，醉了凤凰湖，醉了星辰，亦醉了我的心怀。

看着茶盏里的片片叶子，便想起了采茶姑娘，更想到眼前的小舟，来来回回穿梭在廊桥下、凤凰湖上，像是一条游弋的鱼儿，拨开一个个同心圆的圈儿，映出无数张笑脸。

我曾哀叹，昔日风光旖旎的凤凰湖夜景，一去不复返，希冀凤凰湖恢复到往日的模样。而今，如愿以偿，心情那真是一个"美"字无法形容的。

白昼，龙舟比赛，异常威武；夜晚，游艇穿梭，身后拉出雪白的浪花，使它如一条鲤鱼，跃出龙门，兴奋无比。静水西流，是一种风情；水面热闹，亦是一种格调。在水上做足了文章，因而，凤凰湖显得更有灵气。

我喜欢水。今日，我抱来一把摇椅，紧挨长堤，平卧在其中。任凭清风撩起裙袂、发梢，舞动心中的梦想。随着香茗渗透每个细胞的瞬间，不禁发问：莫非我在用凤凰湖水沏茶。

脖子上的绿丝巾，连同身旁的细柳一起飞舞。清风朗月，湖水潺潺，唱响夜曲。友人拿来横笛，悠扬的曲调传给星辰，传给明月，传到凤凰湖上。我揽月入怀，呷一口香茗，便是一种怡然自得。

倘若能够羽化成仙，亦是一件美事。不知月宫里可否有我的位置。罢！罢！罢！即使有，我也不想去，亦不能去。怎能舍得下这湖光山色？"满载一船星辉，在星辉斑斓里放歌"，这种闲适，远比做神仙惬意。

桥头一位老者正在弹奏二胡。入耳的乐曲，流淌开来。

这位老者，岁数虽然没有凤凰湖年龄大，但是绝对可以见证流年里凤凰湖的变迁。从他的《赛马》曲里感受到了一种力量，这种力量使得凤凰湖更加美丽。

抚今追昔，还是今天的夜景最美。长堤的栏杆上镶有金龙的白色圆夜灯投射出的光，和山体、长堤外的灯光，交相辉映。我完全被光和色包裹了，那么静美。月光从树影缝隙里一泻而下，地上斑驳的影子，此时格外幽静。

我陶醉在如诗如画的小城江南胜景里；陶醉在人、景合一的境界里；陶醉在心情清澈的眸子里。撑一支长篙，在凤凰湖上漫游，追寻那曾经和友人牵手赏月的地方。

仰天望星辰，举杯邀明月。吟诗付流年，填词唱古今。经年梦回凤凰湖，漫步湖畔眺仙境。卧凤凰湖畔，捻一抹心香，携一抹阳光，执一盏清茗，醉了心怀，笑看流年……

那一眼

时间总会让人在匆忙中抬起不情愿离开的脚步，转向下一个渡口。然而，那一眼，却深深地铭刻于心……

——题记

1

前不久，我和闺密去服装超市闲逛，一款深绿底色的阔腿裤映入眼帘，它散发着一种大气、优雅的韵味。它立刻就紧紧拽住我的目光，分秒不想离开。闺密怂恿我去试穿，但是我总没勇气，认为自己怎敢去穿阔腿裤？她干脆给我取来，塞到我手中，将我推进了试衣间。

当时我穿着玫红的雪纺上衣，配着这款裤子，也真够味。但我还是觉得红配绿不太美，让服务员拿来一款白色的棉麻上衣，搭配在一起，的确很有感觉。得，果断下单，买下裤子。

几日后，那件白衣服卖掉了，我空手而归。为弥补缺憾，我在街道的店铺里依次寻找。踏破铁鞋无觅处，得来全不费功夫，终于配上一款白衣服。就是这一眼，让我苦苦寻觅这么久。休闲文艺范，还是头一遭。不过，看过后发现其格调独特、韵味十足。

孤芳自赏了一阵子，总觉得还是有点缺憾。

原来是胸前少了一款饰品，显得很单调。无独有偶，相中一款绿松石手链，和我的阔腿裤很和谐。遗憾的是，脖颈上依旧空空。我还是想搭配一款同系绿松石项链，显得清新优雅。可是，跑遍了小城所有的饰品屋，都没能如愿。

过了几天，在市上商场里见到了一款绿松石吊坠，非常有个性且大方。可是因为和文友匆忙路过，没能多看一眼。只听我身后的文友说价格不菲，大致是我月工资的三分之一，着实令我吃惊不小。然而，绿松石给我的感觉就是那种惬意，融合至心的舒坦。

眼缘很重要。仅仅那一眼，就如同镌刻于心。最后还是芳妹帮我完成了心愿，取来一百零八颗优化了的绿松石，串成一圈项链。

我穿衣服较为讲究，所以配饰总希望能得体，或者同主调、或者同色调、或者画龙点睛……让自己穿衣也成为一件有趣味的事情，不仅仅是一件或一身衣服，更是一抹风景，一种心情的折射。

时间如白驹过隙，然而，我依然回味着在商场里见到绿松石吊坠的那一眼……

2

上周，去了省城。和友人约定去书院门买毛笔。走在青石街道上，感觉像是穿越到了古代。

既然是在古代，那女子就一定要对琴棋书画样样精通。我可是"门外汉",真是惭愧啊！

在街道的南拐弯处，一位鹤发童颜的阿姨，坐在竹椅上，守望着她的发饰摊子。我像是他乡遇故知，俯身挑选了两款簪子，算是了却了上次来书院门的遗憾。然后朝主街道走去，两旁琳琅满目的饰品，让人眼花缭乱。

然而，一个门头将我的视线拉了过去——唐人装。我给随行的朋友打了声招呼，便独自踏进店铺。里面的一款款旗袍，精致得令人不能自拔，美得令我窒息。我相中一款色彩渐变与拼接相结合、传统与时尚接轨的款式，那种大气、典雅、精美的感觉，深深折服了我，感觉清雅，迷人，醉心。紫色，本身就象征着高贵典雅，它占据着主调地位；活力绿色，让旗袍有了立体感；纯真烂漫的粉色，用它做成水浪下摆更添浪漫气息。

旗袍，总是古朴清雅的主调，而这款却将清雅与时尚融合得如此贴切，让人不得不叹服设计师的睿智，将时空穿越，风格融合，甚或将南、北方女子的心思揣摩，演绎成一款风韵独特的旗袍。

我的双眸依旧紧紧凝视着它，老板却告诉我，样品是小码，其余需定做，又是一个遗憾。老板是位四十多岁的女子，为了放大我钟爱旗袍的心念，竟给我拿来一款，让我亲身感受一下，我自然不会拒绝。等我从试衣间出来，只顾站在试衣镜前自赏了。转身时，忽然发现有一双眼睛直直地朝这边看来。我才下意识地望了一下，是朋友。

我问他："好看吗？"他没有及时回答，而是仍旧沉浸在欣赏之中，半天了才说了一句："你穿上旗袍就是美！"

一时间，我说不出有多高兴，这样的旗袍穿在我的身上，能得到异性的赞赏，满足感油然而生。我当时心里就产生了一个念头：买。问价得知近六千块，着实让我惊叹，但我还得保持优雅的风度，借口说改天和同学来看，合适就定做。

"千金散尽还复来"的气魄，目前我还没有。就在老板不经意间，我再次回眸，视线仍落在那件紫色旗袍上……

3

穿上一袭旗袍，拿上一把兰扇，倘若出现在江南小桥上，那一定是道绝美的风景。

几年前，我去过周庄。那里的旧宅、古树、木船、石条……浓缩成一幅古香古色的水乡画卷。生活在北方的我，见过青山绿水，见过叠叠麦浪，很少见如此静美的水乡。

移步换景，在这里不是神话；曲径通幽，在这里神奇出现；临水远眺，在这里不是一尺之遥。那年，我穿上唯一的紫花旗袍，勾勒出窈窕淑女的姿态，撑一把纸伞，在周庄的方桥上缓缓而过……站在古树下、河堤上，感受与北方粗犷不同风格的轻柔之风，领略这宛若水晶球般的江南水乡独特的韵味。

我要在这水乡尽情释放自己的情感，让这里成为我的心灵驿站。我拿来一只纸船，放在水面上，看着它轻轻漂远……

在周庄的"沈宅"里听到了一个很美的故事，原来女儿相亲却如此羞报：悄悄躲在阁楼上，偷窥自己未来的夫婿是何等模样。说老实话，我只去过周庄一次，因为时间紧张，走马观花一般的赏景。

然而，这一眼，却让我终身难忘，她那深情依依的眼眸，使我懂得含情脉脉的含义；她那温柔莞尔的姿态，使我浑身酥软，恨不得倾倒在她的怀中；烟雨江南，听摇橹的阿婆唱一支小曲，让我心驰神往……

"君生我未生，我生君已老。"我静静地等候这一眼。或许在我的记忆里，就在为看你这一眼；这一眼，在我的心里，已经勾勒出你的绰约倩影；若说岁月能将存贮在大脑里的回忆淡化，江南水乡却不能。

回眸时，我将这一眼化作淡淡的微笑，遥相凝望。只因那一眼，让我牵挂，让我回味无穷。

…………

那一眼，绿松石、旗袍、江南水乡，让我怦然心动，魂牵梦萦在我的心空中、我的梦境里。只为那一眼……

遥看那片绿

　　春风暖暖，杨柳依依，而挺立在庭院和白云深处的翠竹，依然保持着一种微笑，淡然，恬静，虚心。不求荣华富贵，不求锦衣玉食，只愿固守一份静雅，固守一份心境。

　　山花烂漫，云雀嬉闹，溪流潺潺，浅草青青。刚从白雪素裹中绽出绿叶的翠竹，抢先入眼。穿行于山中，在深处见到一丛丛翠竹，心湖荡漾。索性坐在林间，抚琴吹箫，惹得鸟雀悄然而飞。林间微风舞动翠竹清瘦的叶子，舞动我脖颈上的丝巾，任由飞扬，灌满飘逸的感觉，恍若成仙……

　　人的意念往往就在一瞬间形成，为名利、为权贵，而将本真的自己蜕化、异化。倘若能够放下这些只会给人增加负荷的意念，抛弃世间之浮华，坐于白云深林间，静听丝竹之音，荡涤心尘，在平和中寻求一份静宁，在静宁中寻觅一种心境，至少是惬意的人生。

　　缱绻红尘中，知己难觅。"女为悦己者容，士为知己者死。"那么，有了这翠竹，心里便平添了几分快意。素手取竹煮米，烹茶，在平淡中寻找一种快意、淡然自安的人生。借着月光，在竹林间，邀请文友琴瑟和鸣，竹笛悠扬，穿过千年，穿过唐风宋骨，一起在清音岁月里，推杯换盏，一醉方休。"今宵酒醒何处？杨柳岸，晓风残月"，却是那样的快意惬意，借机参悟人生中的些许禅意。

曾经，无数次沉浸于《竹林听雨》这样柔美空灵的音韵里，思绪随着缭绕的清音翩飞。任自己随着片片飞羽，穿过那一帘烟雨织成的雾霭，沿着蜿蜒盘旋的幽径，走进苍翠清幽的竹林深处，看万根风中竹轻轻摇曳，屏息呼吸暗涌的芬芳，和着风沏一盏竹叶香茗，填一阕素淡的清词，感受那一份淡然和宠辱不惊，享受那一种随心的闲适和惬意……

曾经无数次枕着唐诗入梦，穿越时空，梦回大唐，依稀见到杜甫酒后正吟诗句："绿竹半含箨，新梢才出墙。色侵书帙晚，阴过酒樽凉。雨洗娟娟净，风吹细细香。但令无剪伐，会见拂云长。"几多浮华，转眼即过，恍如云烟，岂能羁绊对翠竹的钟爱之情？于是乎，留下云翳之美，淡淡地将生命点燃，愈加健壮愈加遒劲。

青翠之竹，穿越了多少年，仍属品性高洁之士所爱。前两日，邀约友人同去豆积山的张果老洞寻找"铁棋仙迹"，在路上，见到了叶子稍显丰腴的竹子。我问及友人，得知，这竹子也有木竹和金竹之分。我们见到的便是木竹，故而叶子稍宽些。我笑着说："这可能是从唐朝兴起的翠竹品种吧，以胖为美呀。"

说句心里话，我见到这丰满型的竹子，觉得自己有些不适应。像是看到了嫁接的竹子，失去了那种清冽的感觉。似乎没有浓缩这千年的日月精华，少了几分灵气。

时间匆匆划过，连一个美丽的弧度还未来得及留下，便洇成了多年的光圈。像是一道彩虹，将眸子吸引，将心儿聚集。缱绻流年，不改的是你的童颜，不变的是君子对你的敬慕。地上的百花有千万朵，昙花一现，在所难免，而翠竹本身就是集精气神为一体的永葆青春之物。无论在什么时候，都会给人带来斗志、毅力和拼劲。

人的一生中，难免会遇到荆棘密布的日子，或者失落郁闷之时。

这个时候，倘若能放下红尘中的纷扰，站在翠竹前半个时辰，闭目思忖，心灵自会得到休憩，精神抖擞许多。或许会笑问苍天，何事能阻止前进的步伐？这种豁达，这种自我调适，像是一种万能钥匙，将心结打开，敞开心扉，接受外面的新鲜空气，立马会感到神清气爽。

翠竹，你就是人们失落时的一针强心剂，激励人们奋发前进；翠竹，你就是那空中的一道闪电，惊醒我们曾经的旧梦；翠竹，你就是那一支兴奋剂，调动瘫痪的神经末梢。不羡慕春风吹绿了细叶，不嫉妒那田野里的姹紫嫣红，不追忆阡陌上的禾苗健壮。只问人世间，愿与翠竹同行的君子，有多少？

红尘温暖，只因有你

1

孤独，总会让人变得异常孤僻。"穷则独善其身"不光有一种豁达，还有一种不可回避的因子——孤独。在这和谐的社会里，绝不能孤独。心理孤独，更为可怕。那么，朋友，便是这多彩生活里的一种载体。

穷富不说，高官平民不论，谁人无友？或多或少，或近或远罢了。生活的圈子，得自己去调节，那么，生活的乐趣自然也就来了。综观生活，许多功成名就之人也都保持自己的风格，或者爱好。有喜欢书画的，收藏的，花草虫鸟等应有尽有，不尽相同；还有些懂得生活乐趣的人，也不论男女、年龄，互通有无，广场舞、体操、拳击、武术……门别太多，推陈出新，层出不穷。

和朋友一定是有交集的，要不怎么算是朋友。

往日，步履未在祖国壮美山河上留下几行足迹，然而，现在却是有增无减，倒让我开心不少，曾经偶尔积累的疙瘩，也顺次打开了。看到一幅幅美丽的画面，而且身处其中，欣赏、体验各种美。

倘若说爱情是难舍难分的，伤心总是难免的，然而山河却没有让我们伤心过。陶醉在美好的山河里，哪里还有烦丝的影子，只能让心情越来越好。

有人说，生活就是一种修行。那么将文字融于生活中，更是一种高境界的修行了。

左右逢源，朋友会很多。志同道合的朋友，在人生之路上一直走下去，不得不说这也是一种幸福。

在我们的身旁，更多的是凡人，所以对幸福的定义则是最真实的。我想说，有朋友是幸福的，"达则兼济天下"里面也包含着朋友多，就会通达的意思。回过头来，看看老百姓说的一句话，"多一个朋友多一条路"也透出这样一个道理来。

困难时，想起了朋友；远行时，想起了朋友；分享快乐时，想起了朋友……跟着朋友一起走，别把时光孤独的收留。当朋友离开，独自享受春花秋月，那又是怎样的一种寂寥。

处于雅居里的人，可能更欣赏独处的释然。若在这里和几个朋友一起品茗，雅兴而来，一首小诗应运而生。浓缩了我们的心情，净化了浮躁，沉淀一种属于自己的情愫。

夜里，一个人，独赏繁星如织，若心情不好，将胸中惆怅寄托于杯盏，邀明月同醉。

若有友人探望，立刻收拾心情，临窗而坐，不再望尽天涯路，不用幻想朋友款款而来。此情此景，令人澎湃万分，继而，与朋友一道激扬文字。只因有你——我的朋友，生活才会精彩纷呈。

2

生命，是我们活在世上的唯一载体，也是父母所赐。

春花烂漫，我们在丛中笑；夏荷田田，我们在池畔戏耍；秋枫层林尽染，我们欢呼雀跃；冬雪飞舞，我们翩翩起舞。而这些乐事，正是由于生命的存在，才在四季更迭里显得异常美妙。

时间总在流逝，生命时数也在缩减，但是每天的精彩都是建立和延续在生命上的。

也许有人抱怨自己活得不够如意、不够精彩，便随意践踏生命。不可否认，今天人们的各种压力都很大，但生命是托父母的福才拥有的。来到这个世界，看见了不曾想过的东西，绽放了每个阶段的美丽。

韶华易逝，生命之歌却永远奏响，直到呼吸终止。每一天的音符，不一样的组合，便是不一样的精彩。

长发飘飘，裙袂摇摆，阳光灿烂，鸟儿鸣叫……生活在这样一个美好的世界里，才有机会去尝试一把，看世界之美好，人生之精彩。

少年时代，快乐成长，便是生命的主旋律；青年时代，茁壮成长，又是专为绽放精彩而准备；中年时代，成就了更多的美丽，更有魅力；老年时代，回首往事，静享美丽带来的幸福。这些无疑是以拥有生命为前提的。

一路风景，一路幸福，一路与生命相伴。

也许偶尔的疏忽，未善待生命，那便是吞噬幸福；也许偶尔打破了常规，虐待了生命一回，那将是亵渎幸福；也许有人想夭折生命，摧残生命，那就是抹杀幸福。不爱惜生命的人，配做拥有生命的人吗？幸福会向他招手吗？

卞之琳说过："你站在桥上看风景，看风景的人在楼上看你。明月装饰了你的窗子，你装饰了别人的梦。"所以装饰生命的过程，就是装饰梦想的时候。这个世界是由成千上万的生命组合而成的。你的生命最伟大，亦拥有世界上独一无二的你，此时，感觉到父母真伟大，给了我们生命，给了我们机会，给了我们未来。

在生活低谷时，可能有困难和挫折让你退却，但是生命依旧坚挺，如边陲白杨，是沙漠绿洲；像高原红柳，坚强不屈，支持着你的下一个想法的诞生。

在生活的浪潮里，涌现出许多令人羡慕、令人佩服的场景，那也是生命缔造的辉煌。

请别再怀疑生命的贵贱，它是平等的。

善待生命，善待一个属于父母、自己的最尊贵的生命。

红尘温暖，只因有你。

第四辑　行走在这座城市中

瀛湖散记

又到了外出旅游的日子，我决定往南走。

到了安康市，一切安顿妥当后，已是晚上十一点了，看来只能等到次日再去瀛湖了。一宿都是心潮澎湃，梦里猜测：瀛湖是一望无垠，还是即将干涸的小水流？

好不容易挨到天亮，急匆匆地出了宾馆，驱车狂奔，一心想见到瀛湖的模样。《山海经》记载，"磻冢之山，汉水出焉"，又得知瀛湖素有"小洞庭"之美誉。这让我更想见到它。

经过几道关卡后，终于站在湖畔了。眼前浩渺的水面，宛若一匹庞大的绿色绸缎，柔滑，温婉，清澈，一缕缕秋风拂过水面，吹皱了那一湖碧波，更多了几分韵味；又像一位身着绿绸缎旗袍的端庄女子，那么优雅，那么迷人。无须吐露一个字，就足以让人领略到她那温文尔雅的神韵。

我们迫不及待地跳上了汽艇，开始游行在瀛湖上。我斜倚在银白的栏杆上，接受清风的洗礼，感受青翠的湖光山色。身后的旗帜依旧在招展，像是在昭示此刻游瀛湖的心情一片晴朗。两岸的山高高低低，却苍翠欲滴，山体上蓊蓊郁郁的植被像是给这石山穿上了一件衣裳。偶见某处，有被暴雨冲刷过的痕迹，隐约可见山的本色——石山。

看到这石山，我想起了家乡的山。同在一省，但是山的主要成分却不一样，我的家乡是土山，而这里是石山。我不禁质疑：这石山是如何长植被的呢？不知当年是否因飞机播种才有了这些不同程度的绿？

两岸青山和汽艇行进的方向相反，且不断后退。然，汽艇拉出翻滚的白浪，却和湖面的碧绿形成了一种立体化、多层次的动态美。

人常说，哪里有水，哪里就会孕育出灵气十足、温婉知性的人儿来。我想到这里，情不自禁地看了看我的同学、朋友，他们的确有着浓浓的瀛湖味儿，让我羡慕不已。在瀛湖，完全可以找到做一回江南女子的感觉。

只顾欣赏瀛湖美景，不知不觉到了"鸟语岛"。下了汽艇后，小心翼翼地爬了几十个台阶。我却被路两旁的参天翠竹吸引，停步驻足静立在那里仰望，在并不湛蓝的天空下，它显得苍翠挺拔。后来得知这是湖南毛竹。我的思绪一下子飞到了湖南……

几分钟后，我回过神来，向前走了两步，伸手去探个究竟：它是圆形还是方形，最后确定是圆的。那一丛丛笔直的翠竹，好像在昭示着安康人刚直不屈、永不放弃的精神。

就在这时，天空飘起了牛毛细雨。在这样的天气里，更适合吟诗作画，才不辜负上苍恩赐。于是我不顾众人笑话，顺口胡诌起来："细雨落人间，瀛湖成一片。临岛闻鸟语，却见竹参天。"

蒙蒙细雨，让我感觉到丝丝的惬意，便信步在鸟语岛转悠，看见鸽子、鹦鹉、锦鸡在各自的地盘上悠闲自得地踱步，高兴时还向游人"卖弄"几下美姿。

不经意间的一扭头，眼前的一池荷花将我心魂勾走，疾步上前。那擎起的一簇簇一人高的荷叶，宛若一把把大伞，在雨天显得分外清雅。友人见状，立刻吟诵《西洲曲》里的句子："采莲南塘秋，莲花过人头；低头弄莲子，莲子清如水。"十分应景。

我也不甘落后。于是，便轻抚荷叶的茎干，想感受一番。恰好有荷叶上的露珠尚未滑落，我索性伸出芊芊细指蘸取晶莹剔透的露珠，体验结果是，清凉，淡味。

那一刻，似乎已将心中杂念抛至九霄云外，只留一片冰清玉洁在心间。大过斗笠的荷叶间露出几支莲蓬，更让我想到了蓬莱仙人该来瀛湖领略这人间胜景才是。

莲池的另一面有一个白顶的亭子，静守着这一池静谧与淡雅。

这色彩：白、绿、黄；这层次：远处的山，中景的树，近处的荷，它们显得那么和谐。我唯恐错过了这美景，央求友人帮我留下如此淡雅的景色。

我来一个仙人指路的动作，直逼莲蓬，回眸一笑间，友人便按下了快门，这一刻将最美的画面定格于此。美景醉眸醉心，怎忍离开？然而，同学、朋友都在督促我们上汽艇了，不得已忍痛割爱。

按照行程安排，在十几分钟后即将到达"金螺岛"。路上，同学充当免费导游：这个岛因其形似海螺，屹立于湖中，且安康古称金州，故冠名"金螺岛"。因为路上看到了"织女石"，就很想去找"牛郎石"，所以脚下的步伐也就快了些。我们拾级而上，院门上的对联很有特色："云塔浮浪人声和鸟语俱喧，画船鸣榔水色与波光共漾。"

步入院内，淑玉泉中亭亭玉立的金螺玉女手托金体海螺喜迎来客。往右行通过龙凤石碑，有一清朝道光年间刻制的《太上感应篇》大型石碑。向左拾级而上，就是岛的中心建筑——螺峰塔，这是仿照杭州的雷峰塔修建的。塔前是全岛游览中心，有石雕牌坊、自动喷泉、四季花卉、游乐广场和金螺玉女漱玉泉、玉韵亭、芙蓉轩造景；西有游船码头、入口门庭、曲廊、双亭、餐厅、娱乐厅和客房部；塔后有茶秀。登塔四望，湖光山色尽收眼底，大有范仲淹那种"心旷神怡，宠辱偕忘，把酒临风，其喜洋洋者矣"的感觉。塔下有喷泉广场，流光溢彩，既有现代气息，又有山野之趣。

我心里还在惦念着那"牛郎石"，想起那个魅力十足的传说故事。《织女石》诗云："宝管森森立水旁，临岸翘首望牛郎。秋霖暗接当时泪，春草羞添向晓妆。千里月华舒倦眼，九回汉水浣柔肠。绩罗丛积人间妇，谁似渠心一片钢。"雨越下越大，我们很快下了螺峰塔，转身按照指示牌去寻找"牛郎石"……

下一站是翠屏岛。岛上建筑为标准的苏州园林式风格，翠屏岛由三部分组成：北部为大型建筑玉清吊桥，四座古亭腾空高耸，与湖岸相连；中部为三星级宾馆翠屏山庄；南部为植物园，园内栽植秦巴名优花木、竹林和鲜果，有誉为植物活化石的"鸽子树"和成片樱花林。因这里四季如春、绿意盎然，从空中俯览犹如孔雀开屏，所以人们称之为"翠屏岛"。

等到返程的时候，再次观察两边青山周围宽阔的水域，真有"人在水中游"的奇妙感觉。

在这个初秋，我与心仪的瀛湖相逢真是有缘。在从码头到景区大门口的路上，几次碰见卖山货的当地农民，操一口软软的安康方言，听起来如音乐般悦耳动听，像有一种温婉的情愫渗透在每个字里。

几个小时的游览，让我真切地感受到了瀛湖的美，它不仅是表层意义上的风景美，更是一种摄魂之韵美：宽阔的胸怀，温婉的性格，灵气满满的眸子。

"遥望洞庭山水色，白银盘里一青螺。"被誉为"小洞庭"的瀛湖，让我痴迷沉醉、流连忘返。瀛湖，你的美，让我折服；瀛湖，你的韵，让我渴盼下次的相逢。

三盏两杯话凤州

九月，天气像遇到了变故，骤然降温，以至于凉快得有些让人措手不及。我的家乡凤州，也匆忙张开双臂迎接秋的来临。

凤州位于安河与嘉陵江交汇处，东有凤凰山，相传远古有凤凰翱翔于此而得名。好久没有回老家了，今天带着对父母的牵挂，回到了生我养我的家乡。按照惯例，我依然沿着那段古城墙根缓缓走着。

它始建于明代，清朝乾隆二十八年重建，中华人民共和国成立初期城墙犹存，后毁于大炼钢铁和"文化大革命"，现仅存西街城门外的残垣断壁和城南的一点城墙头，黄蒙蒙的城墙，经受了风雨侵蚀，斑驳的身影依然坚守着脚下的那片土地。伴着无情的岁月，它亲历四季更替，将身上的外衣一点点地剥落，令人感到痛惜，却又无可奈何。这堵城墙从西门外向南延伸，一直到南山，蜿蜒曲折，宛若一条腾飞的巨龙，即便长度有缩减，但是龙威依旧，总能在我这个家乡人的心目中还原其曾经的容颜。

这么多年过去了，今天，当我站在秋风里望着城墙的时候，依然回味咀嚼着孩童时一个个生龙活虎、调皮捣蛋的场面，不禁哑然失笑。

当我回过神后，再想象——这城墙当年还有着保护子民、抵御外侵的作用呢。按照常理，城墙的外面都是有护城河的，那么安河和嘉陵江就是"双保险"了，即便是有外贼入侵，也得先越过这两条河，无疑增加了攻城的难度。由此可见，这也是地利起到了"天堑"的作用，加上官民同心，哪还有侵略者的便宜可占？曾有一家电影制片厂在凤州城墙下拍摄了电影《白莲花》，基本恢复了四面城墙的旧貌。遗憾的是，东门城墙现已所剩无几了，依稀还能找回历史的痕迹。

当我与凤州结缘的时候，此地已经不是古城原貌了，距离我家不足百米的县衙已经迁至当今的新城地址。没见到多少古城的影子，心中不免多了几分遗憾。庆幸的是，那文庙大成殿还在，相传是儒教祭孔之庙，形似一个大礼堂，殿宇巍巍，彩栋飞檐，气象雄伟，月台南岩有斜立石雕云龙大青石一方，庙院古柏参天、气势轩昂。屋顶已经长满了沧桑的见证——瓦松、荒草，在四季风中摇曳着，像是在述说着经年的故事。

我在这文庙里上过课，与启蒙老师相识，我的姓名也是拜她所赐。大抵上是沾了这文庙的才气，受孔子学识的影响，才有了今天喜爱文字的我。

如今，离开家乡已经好多年了，即便是回去了，也没能去文庙瞻仰一番，近日闻听正在修葺文庙，何时再重温一回，也好多沾些才气。

此刻，想活动下脖子，我便扭头面朝南站着，忽然就想起了城南有松林如海的南岐山，那里有相传为诸葛亮行军歇息的"诸葛思计台"，在山下仰望，远山与天相连，分不出颜色来。儿时在老师的带领下去那里春游，亲临南岐山松林观云听涛，如进入了一个童话般的世界——

林间各色的野花点缀在参天松柏之旁，宛若女生的花色裙摆，少了一份单调，多了一份情调。正因为有了这等美景，老师决定在此"安营扎寨"生火造饭。待万事俱备后便开始了野炊，大约半个小时的工夫，一锅"大杂烩"就做好了，那香味顿时喷溢而出，小伙伴们都禁不住美味的诱惑，围拢过来凑在锅沿旁用力闻香，发出啧啧的赞叹声。我就靠在松树干上，端着饭盒一边享受着野味，一边接受着林间风的爱抚，那种逍遥自在的美妙感觉，至今记忆犹新。

这时，我的思绪又调转了方向，往北门寻去了。这里有宋代修建的吴曦堡遗迹，城北豆积山上有唐代修建的张果老洞、明代修建的消灾寺。豆积山和甘肃天水的麦积山，称作"姊妹山"。张果老喜欢住冬暖夏凉的窑洞，在消灾寺的西面至今还有他的居处，墙上的"八仙过海"壁画清晰可见，一尊多了几分仙家意味的塑像稳稳地坐在那，只是未见过伴他左右的乐器——"道情"。

去年这个时候，邻省的作家来到了古凤州，特意去瞻仰了张果老洞，对墙壁上的悬臂题字甚为敬佩，夸赞古凤州真乃钟灵毓秀、人杰地灵。随后观看了张果老与神仙下棋的地方，他大为惊讶："原来这'铁棋仙迹'并非杜撰的啊！"

在豆积山上倚栏远眺，大半个凤州城尽收眼底。与之遥相呼应的消灾寺更是享誉内外，官宦商贾、寻常百姓在每年的正月初九都会到这里参加"上九会"，为家人的平安健康、婚姻、仕途、生意等祈福。善男信女们络绎不绝，全然不顾道路曲折，面对陡峭的石梯，毅然决然地攀登了上去，到了山顶的大殿祈福结束后，便在寺庙吃上一碗面片算是斋饭，才心安理得地下山。

说起消灾寺那是有传说故事的。当年"安史之乱"爆发，唐玄宗李隆基仓皇出逃入蜀避难，一行人马于六月下旬进驻凤州城。他在萧台寺上香祈福消灾，许愿早些铲除乱党，保大唐太平。次年九月，郭子仪等人打败史思明，平息叛乱，腊月，玄宗返京。第三年正月，唐玄宗途经凤州，前往萧台寺还愿，并赐名为"消灾寺"。正是这样，后人愈加相信消灾寺是降福之地，因而，每年都会在"上九会"演绎玄宗进香的一幕。

历经多年，消灾寺现将大殿挪到了半山腰，在河上架起了一座祈福桥。碧波荡漾，格桑花开，暮鼓晨钟……祈求保佑凤州城里的百姓康寿永宁。

随着古凤州城的变迁，刘家大院也成了著名的革命遗迹，1932年习仲勋等老一辈革命家在这里策划发动了著名的"两当兵变"，政府在此建起了兵变纪念馆，兵变旧址被确定为省市级爱国主义教育基地，成为闻名的红色旅游景点；赵家大院、薛家大院的四合院仍保持旧居原貌。赵家老宅坐落在一条小巷内，与消灾寺相距不远。百年老宅的上房门楣上，赫然写着"彝伦攸叙"四个大字，彰显了主人家的文人气概。推开那斑驳的老院门，走过狭长的过道，一座小四合院展现在眼前。在小院里慢慢踱着步，脚下是凸凹不平布满青苔的砖面，一种历史的厚重感、沧桑感油然而生。

…………

放飞思绪穿时空，古老凤州显厚韵。在沧海桑田的历史变迁中，勤劳智慧的先民们在这块神奇的土地上一代代繁衍生息、传承文化，播种文明，留下了数不胜数、星罗棋布的遗迹，如一座座巍巍的丰碑、一条条悠长的文化长廊，成为凤州璀璨的历史瑰宝，也为旅游产业增添了绚丽的画卷。生态民俗文化旅游节、金秋红叶观赏节相继举办，引得海内外游客纷至沓来，因此荣膺了大秦岭的"会客厅"之美誉。

走进七彩凤州，穿越千年栈道。七彩凤州靓景观，山苍水碧无限意。古老的凤州正焕发出勃勃生机，她就像一只振翅欲飞的涅槃凤凰，沐浴着改革的春风，展翅飞向远方，她将会在历史的长河中与时俱进，成为秦岭以南最璀璨、最夺目的明珠……

石泉美景醉人心

　　一进入石泉县境内，我就看到那几十丈宽的水域，水波兴起，和湛蓝的高空相得益彰，将一种原生态的美，用大自然赏赐的画幅展现了出来。

　　蓝天白云，碧波荡漾，青山相对，船只漫游……美不胜收，引人注目。石泉给我的第一印象：这里是名副其实的水乡。这么深的水，我还是第一次见到。车上的当地人给我讲起石泉水的来历——汉江水。当这浩渺的水面映入眼帘的时候，我便想到了千帆航行、百舸争流的雄壮场面，只因这里非常适合帆船航行。

　　人说："哪里有水，哪里就有灵气。"我看着汉江之水，回想当初上大学时我的朋友芬的性情：温婉，柔和，安静。那一句句轻细的声腔，似乎还萦绕在我的耳畔。我在心里默默地学她说话，可是怎么也学不到她那么出神入化的地步，大概是我没有在这水乡生长的缘故吧。

　　到了石泉的那日下午，芬带我去了县城看夜景。夜幕下，泛着红光的"石泉十美"的字样，被一群人造星星灯所凸显。当时，我就在想，石泉竟然有十美，那我一定要一睹芳容，也不枉此行。在县城转悠时，我发现这个县城不怎么新，却有一个十分新潮的圆形天桥，桥面上铺着塑胶地板，就连我这高跟鞋也不可例外地转换成了静音状态。

我询问起石泉的十美来，芬说立刻带我去赏"一美"——石泉老城。我一听要去老街，甭提有多高兴了，紧随其后。她给我讲老街不长，一公里多，据说历史上曾经是商贾云集、繁荣富裕的商贸一条街。到了那里，我发现这里的老城，竟然还有正在居住的老房子：土木结构，门板、阁楼的影子清晰可见。就连老城门也保留得很完整，这对于我们现在的年轻人来说，无疑是鲜活的历史教科书。

脚下青石板街道泛着清淡的光，条形青石铺成的台阶，边缘已经有些残损，城门洞子上的一些荒草，更是说明了它们从久远的历史中走来，想象得到这个老城如同一位饱经风霜的老者，带着一身尘土而来。如今，修复后的老街古朴幽静，沿街是统一建筑风格的青砖灰瓦、飞檐吊角的门面小楼，基本保留了明代建筑的特点，与东西城门、禹王宫等古建筑交相辉映、浑然一体。再往西走，可以见到雕花窗户、木板门、马头墙的那种建筑，我感到很是亲切，一方面和我家乡的特色建筑有些相像，另一方面更有那江南风格的雕花窗。最关键的是，老县衙竟然还在，这更像是见证历史的最有力的遗迹。门口的鸣冤鼓安静地站在那里，我不由得击鼓，可是并没惊动衙役，县衙的朱红大门依然紧闭着，将我心中那种在影视中形成的情景尘封了起来……旧城西门城门镌刻着"秀挹西江"四字，据说是嘉庆年间所题，既然有历史成分，那就在此留影见证。

次日清早，我们吃罢早饭便去了后柳水乡。山间公路蜿蜒曲折，像一条条迂回的灰带子，盘旋在山底。路的下面就是幽绿幽绿的汉江，宛若一只只绿色的玛瑙汇集而成，祖母绿的味道很浓，那种厚重的感觉总在我的心头萦绕。

在距离县城十八公里的后柳镇，我见到了不同凡响的水乡，停泊在码头的船只干净清爽，静候游人。蓝白色主调的大船，让我想起"门泊东吴万里船"的诗句来。穿一身旗袍的我，一定要在这水乡的古屋、码头留下身影。

无独有偶，竟然还在后柳买了葫芦丝。芬见此状，特意给我拍了一张学吹葫芦丝的照片。说实在地，我很自恋：旗袍女子吹葫芦丝，别有一番韵味。在水乡，看到了柳树、大船、码头、旧屋、古街……的确感受到了那种纯然的美，一种散落在民间的美。古韵常留在水乡，游人移步在此，恍若穿越到了曾经的那个朝代。

这还不够过瘾，我提议要去川楚故道上的一座驿站——熨斗古镇，芬自然要满足我的心愿。为了节省时间，我们先去了那里的燕翔洞，经过绕水的木板幽径，通过一座铁板桥，终于渡江成功，爬上六十六级石阶，来到了燕翔洞。

据同学芬介绍：它是寒武系古生石灰岩溶洞群，距今已有5亿年历史，是西北乃至国内保护最完好、景观最丰富、体量最大的溶洞群，被誉为"西北第一洞"。

我们步入洞内，钟乳石、石笋千姿百态，形成的如"黄土高原""春之花""秋之实""长白雪松""五彩流瀑""九寨风情"等景点达几十处之多。洞中有水，洞顶倒挂钟乳石。

钟乳石千奇百怪，悬天连地，有石笋、石柱、石钟。地上湿漉漉的，感觉里面的温度要比外面低两三度，燕子没见到，蝙蝠却在头顶盘旋。洞中有洞，洞上叠洞，洞壁有窟，窟中有景。看起来还有些奇特的味道，遗憾的是目前只开发了1800米。出了洞，直接抄小路走进了熨斗古镇。

听同学说，这是距今有着千年历史的古镇，我的眼睛瞪得溜圆，发现这里的古街多是明清时期建筑，尤以"让出三尺地，多占一份天"的吊脚楼最为特色。街道上悬挂着杏黄色的幌子，我信步走过去，发现里面有许多出售当地特产的地方，还真有几分"世外桃源"的意味。

古镇依山傍水而建，富水河紧紧环抱，虽经千百年的时代变迁，仍然保留着昔日恬淡、古朴、优雅的风貌，颇具"小桥流水人家"般的诗情画意。经询问得知这里是个多民族集聚地，受移民文化影响深远。

在此听汉剧二黄，品巴山特产，使人疑在川中；乘木舟，闻渔歌又似江南一景；在咿咿的方言中穿行古街，仿佛时光倒流，而古戏楼、牌楼、乔泰和酒楼与吊脚民居让我流连忘返。

第三日，同学芬便带着我去了她所说的红石包。说这里简直是人间仙境，一点也不夸张。蓝天，白云，晴日，碧蓝的汉江水，灰白色的拱桥，红色的大石头，绿色的芦苇……我的双眸被迷住了，这不就是活生生的画吗？

此景只应天上有，却在人间。

我迫不及待地拿起丝巾疾步跑到红石头上，借助秋风，让它飞扬在高空，那种放松的心情，宛若我在放飞纸鸢，不带一点造作。我穿着淡绿色旗袍，虽然少了几分飘逸的感觉，但是屹立在红石上，依然觉得惬意。我疾呼："石泉，我来了！"

河堤上翠柳依依，偶见几簇红花相伴，沿着小路，慢悠悠地向前，向前……

沙沙河印象

恰逢近日单位放假，趁机去一趟西安市周至县的沙沙河。

披着夕阳，一路小跑，像是见了久别的人。这里的黑瓦青砖、旧屋竹筏、古树老宅，无不在述说着曾经的繁华。我顺着河边的青石板，一步一个脚印，似乎要将足印深深镌刻于此，不仅仅是我的身体来过，还有我的灵魂。

更重要的是，我在这里找到了江南水乡的美妙感觉。这种距离和时空上的满足，让我愿意在这里多呆一些时日。

青石板路的两旁，十几米便有一间仿古的店铺。透过开着的窗户，可见里面不足七八平方米，但是货物却码放得很整齐。饰品、挂件、炊饼、乐器、服饰……琳琅满目，令人眼花缭乱。我突发奇想，要是进入沙沙河水街的游人，都将人民币兑换成古币，在这里交易，貌似穿越到了古代，该多么有古风韵味呀！或许我就是其中的一个女子，不知道是大家闺秀风格的，还是小家碧玉式的。想到这里，我不由得"噗哧"一声笑了。既然这么全身心的投入，还不如留下一张张倩影，锁住这美好的瞬间。

顺着湖畔慢慢移动步伐，在一丛芦苇跟前我停下了步伐，这也许就是北方的特征。原本不太清澈的河水，反而衬托出了芦苇的苍翠，郁郁葱葱，很有生机。故而，我将其揽入怀抱，"咔嚓"了三张，才依依不舍地离开。

有意思的是，这里的木桥竟然也是曲曲折折的，大概是为了延长行人步伐，能更加细致地欣赏大自然的美景。有了这样的导行，我顺利地来到小瀑布前面，看着如白色浪花的水流，那么清澈，那么耀眼，将这个河面点缀得异常美丽，静水、石头和涌动的瀑布完美融合，相得益彰。

挂着灯笼的房屋，黑瓦层层相扣，古砖垒砌的墙面，让我慢下了脚步……

北方的水乡和江南是有着不同的韵味的。这里的旧宅里透露着一种粗犷，每片砖瓦里都沉淀着铿锵豪迈的故事，檐口里悬挂的大红圆筒纸灯笼也蕴含着关中风情的因子。老远，眼眸就被这一道道靓丽的风景所吸引：杏黄色的幌子，大红的灯笼，乌黑的老屋，碧绿的柳树，浑黄的河水……这些色彩聚合成一幅浓彩的油画，而那游弋在河面上的竹筏、乌篷船、画舫，将我的眼眸紧紧引导。

一步一个角度，一步一场风景，一步一种心情。

我向来是喜欢坐船在河面上游览，那种人在画中游的感觉，是一种融入、一种和谐、一种意境。常言道："宰相肚里能撑船。"我也不是什么宰相，却喜欢在有着江南韵味的沙沙河上寻觅那种移植过来的感觉。

河两旁岸上的柳树、房屋，随意当中又有些对称，像是一对恋人隔水相望。一个眼眸，一个灵犀，对方便觉得欲醉心。就这样，在风雨中患难与共，不知道这里会生出多少个爱情故事。或许，这也是沙沙河刚中见柔的一面。看湖畔上，情侣相偎相依的倒也不少，眼眸里流淌着幸福和甜蜜，大可估摸出这里是见证爱情的地方。

一时间，我有些糊涂了，像是走在了春天里，而不是盛夏。温馨和浪漫充盈着我大脑里的每个细胞，占据细胞中的每个空间。这种格式化的大脑，让我的内心忽觉舒坦、惬意，优雅地斜倚在河畔弯曲的树干上，静观眼前的水乡美景，品味着与众不同的水韵。看着眼前的小舟、大船慢悠悠地从眼前经过，显得异常静谧温柔。

任凭夏风吹动我双鬓的发丝，将黑发与银丝同时掀起；任凭风儿将我的裙子、长外搭抛撒在空中，高高低低，划出一个个美丽的弧度，将我这汉子般性格的女子柔化成江南女子，温婉可人，这才对得起眼前的胜景。

我轻轻弯下腰，掬起一捧水抛向前方，立刻便有了亮晶晶的水滴组合成一串串珍珠项链般的样子，恰好让可人的沙沙河更具优雅、更富内涵。此刻，我宛若一位书香女子，娉婷而又清雅，将红尘中的种种浮沉淹没，从容淡定，笑看云卷云舒、花开花落。

想到此，我的眼眸朝那一池荷花望去。板桥的一侧，四分之一的水面布满了碧叶、红色的荷花，一绿一红，这与生俱来的色彩，的确让人眼前一亮。都说女子如莲，更容易让人醉心。这点，我倒不太在意会醉了何人的心，关键看好的是，人应该具有莲一样的品质——出淤泥而不染。

这里的莲花也并非是那种超大型的，是睡莲。娇小玲珑，亭亭玉立，将叶下并不清澈的水忽略。这本身就是一种气度，倘若人能在此顿悟，那也是一种收获，一种提高，一种境界。

我不由自主地移步于莲池畔，静静地欣赏、品味……心在想：今晚要是有月亮，那该是一种诗意梦幻的意境吧。想着，想着，便随着阵阵蛙鸣声沉浸于沙沙河当中了……

"快看，那边有白鹅！"同行的人当中有人惊叫起来。顺着朋友的示意方向，看到了河面上游动着一群白鹅，格外耀眼。远看那脖颈，猜测应该是天鹅。沙沙河，能引得天鹅来，自然就有着天鹅河的意味了。

充满生机的灵性之物，给这沙沙河增添了生机，河就更有灵气了。只见那一群天鹅停留在一起，互相凝望，含情脉脉，大致也是觉得自己在正确的时间里来对了地方吧。我看了过去，发现天鹅看得出神，心想，我这只"丑小鸭"要是能变成"白天鹅"，那该多好啊！

凤凰、丽江我没去过，但是沙沙河却让我感觉到这是北方的水乡，在水上做足了文章，小船大舫，雅荷娉婷，天鹅游水，亭台楼阁，板桥曲折，湖畔青石板……这些都彰显了一种独特的韵美。

然而，还没等我尽兴游玩的时候，人家船只已准备打烊停运，只能空留遗憾。

此时，天空竟然悄无声息地落雨了。一滴，两滴打在我的面颊上，清凉清凉的。既然遇到了夏雨，那就不妨顺其自然，欣然接受。眼前逐渐迷蒙起来了，我躲在亭子里，看那暮色里的夏雨，却是那么的低调，不像往日扯开喉咙的喊叫——电闪雷鸣。

烟雨水乡，别有一番韵味。"雾失于楼台"的意境，在此诞生。那一盏盏红灯笼，在风雨中摇曳；一股股喷泉依旧在那里热舞；一座座旧宅仍然矗立在原地；一家家客栈依然敞开大门……

这条水街，仿古的意味颇浓，耗资巨大，建造成这般模样，已经相当不容易了。不用跑到千里之外，去寻觅那烟雨江南，到沙沙河就可以感受唯美、安静与温馨。在这里可以将城市的喧嚣、红尘之烦恼统统抛至九霄云外，安安静静地沉淀自己的心情，顿悟：人的烦恼都是自寻的。

望着广阔无边的河面，忽觉自己很渺小，无非也就是存在于河上的一个生命而已。与此同时，还有芸芸众生的其他生命，要想和谐共处，就得有一种宽阔的胸襟来包容。一条古老的绕城河，被改造成了"中国第一水街"，将那些污浊不堪的凉棚式街道摒弃，取而代之的是现在的关中风情民俗园。

乐在美景恍如梦，斜风细雨不须归。不知不觉几个小时过去了，华灯初上，夜色斑斓，水天辉映，这里的景色更幽美、更醉人，这分明就是秦淮河两岸。静静坐在河畔的游廊上，沉浸在美丽的夜晚中、美丽的沙沙河夜景中……

石头羌寨

歌曲《美丽凤县》，借龙军嘹亮的嗓音，提高了它的知名度，一个唯美的名字——水韵江南的凤县，透着脱颖而出的气质。

当你穿行在这大山里的时候，映入眼帘的是满目浓郁的苍翠；当眼前粗放的绿色变得更加精致妩媚时，你却早已步入古羌新韵的世界里了。

漫步于"世外桃源"的恬静中，又想去领略一下具有民族特色的石头羌寨。

园门外，人物欢庆的造型，火红火红，饱含热情，形态逼真。叫人眼前一亮，心中倍觉温暖。

我悄然移步于长桥，缓缓穿过。再次映入眼帘的是喜气洋洋、腰缠红绸带的欢乐铜像。随弯就弯的导引路线，使人沉浸于移步换景、喜气迎面当中，忍不住也模仿铜塑像造型跳了几下。

眼前的一个"庞然大物"，长得有些怪异，惹人注目，定睛看去，才知是演艺中心。朋友告知，《凤飞羌舞》已在这里安家落户了。

依山傍水，真算得上是一块宝地。这新"主人"也经深思熟虑，有了一个好听的名字——《凤飞羌舞·古羌新韵》，并且演绎了一首大型民族山水舞蹈诗。

　　她的诞生，招揽了许多远客，目睹水景演出，与云朵上的羌寨近距离接触，一饱眼福。身临其境远比坐在电视前看起来舒服多了，心旷神怡，恍若羽化成仙。顺道也初次了解了羌族这个古老民族的风土人情。无论是从感性，还是理性认识方面，都感到异常惬意，有一种说不出的满足。

　　我还未尽兴，又绕着演艺中心，沿着烟柳拂堤的曲径，来到幽静的萨朗湖。群山环抱，绿波荡漾，倒映出只只彩色的灯盏，闪烁变化的霓虹。却有一幅美画似锦的感觉，悠哉乐哉！

　　让柳条婀娜多姿的腰肢如同发梢掠过你的脸庞，让清澈的萨朗湖水，映照出你的倩影；让满山的人造星星，辉映你的容颜……看着对面山上的激光灯围成的曼妙舞姿，回首身后山上形似"羌"字的羊头造型的星星灯盏。真不敢相信，石头羌寨注满了民族气息，且含有都市元素，如此完美的结合，演绎了与时俱进，也演绎了"只有民族的，才是世界的"真理。

　　就在这时，忽然一阵绵绵细雨降至，恰给这烟柳、碧湖、星月，蒙上了一层似雾似纱的缥缈。如果邀请东坡先生来此一游，也会将那脍炙人口的诗句留下："水光潋滟晴方好，山色空蒙雨亦奇。欲把西湖比西子，淡妆浓抹总相宜。"

　　一阵悠扬的羌笛飘过来，如同响彻在幽谷里，令人情不自禁地欲翩翩起舞，不负这优雅、充满灵性的境地。真可谓"天上人间，凌云傲气涤尘心"。闻听瑶音，顺势寻觅，却发现是从形如"碉堡"的石头羌寨里传出来的，身着不同色彩，代表不同意义的盛装男女，载歌载舞。我们忘记了一切，兴高采烈地加入其中，模仿，舞动，释放心灵。

再绕着湖面上的大水车，缓步行至玉石栏杆桥上，看到对于古羌源远流长历史的简介，深感身处民族知识的海洋里。还有当地的文人墨客，慷慨激昂地写下游览羌寨的感受，镌刻于此。不说名垂青史，至少可让有关羌族的科普知识保留至今。

　　从古至今，从民族到现代，穿越，整合，演绎，把一个石头羌寨最完美的景象展现在面前，美不胜收，让人留恋不舍，移动不了脚步。

　　回眸，它依旧矗立在天地间……

浅夏，相约蝴蝶谷

前几日，在微信里偶然见到文友去了一处青翠幽美的景点，一下子勾住了我的双眸。于是，我便决定身临其境，欣赏大自然赐予我们的神奇景色。经过询问，才知道它是市西边的蝴蝶谷。

好不容易等到了周末，逢着浅夏，天气给力，便搭车前往。来时断然换下了工装，穿上了一身棉麻休闲装，白色的上衣，不带缁尘半粒。就在我感觉这身衣服很应景的时候，忽然，老远传来一阵悦耳的古筝声，我立刻被吸引过去。古筝，是我的最爱，恰好就遇到了，还不如近距离去聆听"如听仙乐耳暂明"的古筝声。

穿过水上的木板走廊，继续前行。可能是心中还在牵挂那古筝，故而没太在意两旁的湖光山色。

走近，一位身着中国风长裙的妙龄女子，正在"低眉信手续续弹"。只见那一根根琴弦在她的手里不停跳跃着，时而清脆悠扬，时而深沉浑厚。一个个音符就在她那指尖和谐地流淌着，一支支古曲、现代歌谣，散发着不同格调的韵味。我紧挨着姑娘坐下，细细地看着她的技法，大有"转轴拨弦三两声，未成曲调先有情"的意味。

看着她不停歇的弹奏，有些不忍心打扰人家，便离开了古筝和她，撑着一把黑色蕾丝花边的遮阳伞信步向东走去。闯入我眼眸的是临水的亭台，顶上是用茅草做的遮阳棚，下面放着古香古色的桌椅。每个亭子之间全靠木桥维系，显得古朴、静谧，让我觉得有多一分嫌累赘、少一分嫌寡淡的情调。不由自主地走近栏杆远眺，只见对面有几位垂钓者正在水畔静等鱼儿上钩。在我目及之处，看到了稍微泛黄的水面依然是涟漪圈圈，颇有几分动感美。

大致是因为我习惯了即行即走的方式，一个人坐在这里有些不大合适，便朝那边的水中木桥走去。站在桥头欣赏这浅夏的姿态，忽闻有人要照相，我向来有成人之美的做法，毫不犹豫地应承了下来。看到照片里的红裙女子，那么柔美、妩媚，不禁有些羡慕了。

随后，也请他们为我拍了几张照片，坐在木桥上，双足垂直于水中，溅起朵朵白色水花，和衣服搭配在一起，色彩艳丽，动静结合。看着照片里和谐的影子，我会心地笑了。也就是因了这富有灵性的水、荡漾的古筝乐、湛蓝辽阔的天空，才让我感觉到立于天地间的我，那么地美丽自信。

玩了这么久，还未曾见到谷名呢。在我顺着孩子们的嬉闹声走去，在小朋友荡秋千的地方，看到了茅草门楼上面的三个大红字——"蝴蝶谷"。

既然是蝴蝶谷，应该有许许多多的蝴蝶才是。然而，在这里只看到稀稀疏疏的几只蝴蝶，让我有些小小的遗憾。

我站在水边，张开双臂，旋转起来。稍觉困顿，依靠柱子闭眼小憩，恍惚间，感觉一股股清风拂面，感到许许多多的蝴蝶正围着我翩翩起舞，色彩万千、舞姿蹁跹，每一次振翅都显得那么从容优雅，我陶醉其中，和它们一起飞舞起来了。此刻，我像是幻化成的一只最美的蝴蝶，绿色蝴蝶的双翅上布满了花朵，是这群蝴蝶里面最靓丽的那只。

不知谁和同行者开了一句玩笑，让我从蝴蝶梦中醒来。"你到这里来是为了寻找尔康的吗？"尔康，正是《还珠格格》里的男主，和紫薇情深意重。一时间，我也搞不清楚，自己是不是来寻觅尔康的。在我的心目中，一直认为浪漫属于感觉敏锐之人。

既然如此，我就再做一次蝴蝶梦，希望在那里遇见我的"尔康"。又一次闭眼，让我的思绪随着夏风慢悠悠地向远处漂游，漂游……

当我还在沉浸在梦幻当中的时候，我的手机响了，伴随着《还珠格格》的主题曲："你是风儿，我是沙……"钻进我的耳朵。看到手机屏幕上闪动的几个字，是闺密的电话。哦，难道她是我的"尔康"？经我这么一联想，我忍俊不禁。这怎么可能？尔康，明明是紫薇的恋人、爱人。看来，我这是错位思维了。

听当地人说，原来是在这里拍摄过《还珠格格》里的一些镜头。我不愿意做香妃，愿意做紫薇格格，因为尔康是现实的。

一番欣喜之后，才注意观察谷两旁的山形。这山长得也真挺有特色，老远望去，形似蝴蝶，大概因此才取名"蝴蝶谷"。当时，我没有看出来，"只缘身在此山中"。现在看着，看着，还真觉得不虚此行。

坐在西北方向的楼阁中远眺、俯瞰，那一处处风景果真像一幅巨画：远处，苍翠欲滴的山体，遥相呼应，宛若一对情侣隔水对望，让人感受浪漫的情调；近观，渐渐透亮的水波述说着尔康的故事，让人感受爱情的柔美力量；东西两边的亭台里品茗、饮酒的人儿，"不敢高声语，恐惊天上人"。这人景合一的和谐，就是最美的风景。

谷内飘扬的古筝声，又让我决定再次去那姑娘身旁小坐。叶子缝隙里投射下来的阳光照在地上，有了斑驳的影子，增添了几分朦胧的美。我请求姑娘来一曲《高山流水》，姑娘竟然应允了，让我受宠若惊。期望能在这里遇到知音，即便不是尔康，那也愿意一切随缘。当我投入到这

185

曲子里面的时候，不由唏嘘："人生能得一知音，足矣！"

不论禅，不问道，不求佛，盼就盼在这里能遇到一个懂我的人，共同享受这人间仙境。无独有偶，我看到了有人给我举杯，示意邀请我一起品茗。他说他也是第一次来这里，因为喜欢这里的静雅，而愿意多呆会儿。听到我点的《高山流水》，大概也知道了我的心意。他换下那姑娘，为我弹奏了一曲《我是风儿，你是沙》。

> 我是风儿，你是沙
> 缠缠绵绵绕天涯
> 珍重再见
> 今宵有酒今宵醉
> 对酒当歌长忆
> 蝴蝶款款飞
> 莫再留恋富贵荣华都是假
> 缠缠绵绵你是风儿我是沙
> ……

尔康，你在哪里？我不曾追问答案，却看到眼前这位朋友殷勤的微笑。曲罢，坐下来，品茗谈人生，倒也是一件乐事。我希望我们今天在这里的相遇，是一次缘分的邂逅，我不在意缘分的天长地久，只在意曾经的拥有。

一场蝴蝶梦醒来之后，还得面对独行的现实。

浅夏，与蝴蝶谷初遇，就被它的出水芙蓉般的纯净所吸引，恍若身处世外桃源。在这里完全可以将那些轻飘飘的烦恼抛去，把心中最美的一道彩虹、一群彩蝶回放，还自己一个清静的心田……

186

留侯古镇寻访记

正值春天，却难得见到暖阳洒在卧室的推拉门上，今天例外。我揉了揉惺忪的眼睛，忽然产生一个想法——走出家门，拥抱春天。无意间想起有位摄影师的留侯古镇作品很不错，值得一去。

于是，独自坐上去汉中市的大巴车，经过两个多小时，终于抵达留侯镇。顾不上后面要一起来的朋友，按捺不住急切的心情，我三步并作两步踏上古镇的小径。映入眼帘的是一些仿明清时期的木楼建筑，门头上悬挂着木匾，房子前方还有杏黄旗，姑且称它为幌子吧。上面大大的一个"酒"字，俨然有些古镇的味道，可惜我不是酒客，要不去这家开着的店铺里讨上一壶米酒来。

忽见一只大石磨躺在那里，我有些好奇，便去了跟前。这才发现它的跟前连着仿青石的道路，这倒让我想起郑愁予的那首《错误》：

> 东风不来，三月的柳絮不飞
> 你的心如小小寂寞的城

恰若青石的街道向晚

跫音不响，三月的春帷不揭

你的心是小小的窗扉紧掩

虽说这不是向晚，但却让我对这春日里的古镇的青石路有些感觉，一种穿越的冲动，汹涌而来。站在街道的拐弯处，向里面望去，目光所及之处，空寂无人，给这古镇增添了几分清冷，几分寡淡。

后来闻听当地人都忙着去地里种猪苓等药材了，所以临街的店铺通通上锁，令我吃了闭门羹。不知道这是不是让我的期望打了折扣，多少有些失望，和摄影大师拍出来的样子大相径庭。

然，既来之，则安之。我便将手提包拎在臂弯，迈开双脚，一点一点地朝里面走。街道两旁的暗红色的店铺大门紧闭，唯有一家老竹篾匠的铺子开着，别无选择，索性就走进去了。铺子内无人，然后我呼喊了几声，从室内楼梯上走下来一位女子，热情地给我介绍了几款竹篮，但当我感觉这竹篮做的有些薄软，工艺不够精湛，价格不菲，便让她放回了原处。

我不由得暗问自己：这古镇为何这般清幽、这般安静？就在我回头的那一瞬间，看到了左手边有一条水沟，上面则是一条锁链栏杆，给这古镇增添了些许古味、些许韵味。

这时候，我的朋友来了。

老远就听见孩子们惊叫、欢闹的声音。这种纯真的声音，打破了古镇的安静，多了几分灵气。他们开始奔跑，不知疲惫地奔跑，听着他们敲打青石街道的足音，让人感觉到时代迈进的步伐、速度。

朋友、小孩、我一起在老竹篾匠家的二层木楼前的长椅上合影留念，将这古镇装入来访的日子里、未来的记忆里。也许是古镇的街道太短，朋友们很快就走了，车已满，我就落了单。恰好，我还想坐在青石板的街道晒太阳，徜徉在其中，品味它独特的况味。

空旷的街道，这头能望见那头，恢复了死寂般的清冷。空中的暖阳，将本不宽的街道分成阴面和阳面。我正在盘算着坐在哪面更惬意、更能觅得充足的古镇味道的时候，一道奇丽的动态画面出现了：摩托车和骡子赛跑。两个时代的交通工具，机械化和畜力并驾齐驱，不仅吸引的是眼球，更能吸引内心的期待……

古镇的白墙，古镇的灯笼，古镇的幌子，构成了古镇的特色。

突然，我觉得肚子有些饿，本能的去找饭店。发现阳面一间门敞开的屋子里有人，是位正在洗衣服的老太太。我说明来意，她微笑着问我："女子，你想吃点啥啊？"

我向四周瞟了一下，也没有哪一间门面营业。大概是老人看出了我的心思，让我跟她走。我不解其意，只能紧随其后，走到一个摊位跟前，她停了下来，给我揭开用一块白色豆腐布盖着的中型铝盆，我身体前倾，探出脑袋，这才看清楚了，是煎饼。

按理说在这古镇上能有吃的就不错了。要想吃得舒服，还得去二十公里开外的县城。没有直达县城的车，大多是过往车。因为我最近身体不适，忌生冷。看来，我今天没有口福享用老太太做的煎饼了。

然而，老太太扶着摊位上的木棚柱子，一脸微笑的看着我，向我推荐她的食品，理由是，菜是热的。我伸手去检验——装菜的铝盆，果真是温热的。我的大脑里冒出了商人的本领：王婆卖瓜——自卖自夸。

老人见状，也不再勉强我，却给我拿来一把小椅子，让我坐在太阳地里歇脚。我不能拒绝，恰好我的双脚装在高跟鞋里好久，好久了，索性谢过她后，直接落座。

古镇街道的房子侧面挂着一串串殷红的灯笼，在风中左右摇摆，使古镇多了几分生气。卖煎饼的老太太却在摊位前依旧笑意盈满脸庞。这人、这景，我的心有些暖和了。我冲着阴面摊位上的她微微一笑。之后，我只顾埋头玩手机，十来分钟不到，很想活动一下脖子，抬头的刹那间，与老太太的目光相对，她依然独立在远处，门前罗雀，冷清无比。我刚准备起身，来了一个干部模样的男子，要买她的四张煎饼。老太太一边和那人搭讪，一边从容地完成所有的程序。

"女子，我给你卷一个吧，这会都快两点了，肚子肯定饿坏了吧？"

我告诉她我早餐吃得晚，可她仍然坚持要给我卷煎饼。我再次猜想她是想早点卖完煎饼回家，算了，买就买一个吧。

她把装土豆丝的小铝盆放在煤炉子上，再把煎饼放在空盆中。原来她想把烧黑的钢精锅取下来，给我专门卷一个热煎饼。看到这一幕，我的心里五味杂陈——惭愧，幸福。

她六十多岁了，儿女都在外面工作。她在自家门口摆摊，成本也少，还能照看门户。我夸赞老人很有头脑，像她这把年纪，出去打工显然不现实，在家做个这种小本生意稳当。

她听后，笑了，笑得那么真诚，那么开心。

煎饼热好了，她拿出来给我切成宽条，放在一个套袋子的碗里，还特意夹上许多土豆丝，嘱咐让我趁热吃。

她亲自从家里端来一杯开水，递给我。

之后，我拿出一张五元零钞给她，说不用找了。可是，她执意只收本分——三元。我接过那两元时，有意识地看了她一下，依旧是满脸微笑。

太阳渐渐西落，我得离开古镇了。临走前，我忽然觉得她淳朴、热情、厚重。

她全然不知，我拍了她的照片。她的脸上依然是微笑满满、盈满温暖……

魂牵梦绕紫柏韵

也许是机缘巧合，曾多少次想去紫柏山，但还是搁浅了。今天，终于有机会和家人一起去目睹它的伟大，领略它独一无二的魅力了。

随同远客一起乘车从县城出发，一路上的风景有着她的特色——诗情画意。

这里的山不同于他处，少了那种幽雅闲适的圆弧，而是万仞独立的山峰，直挺挺的轮廓，即使葱葱郁郁的青草绿树也无法掩盖，恐怕这便是她的性格。

车子穿梭于南片乡村的山崖间，毫无拘束感。由此，我便把那首名诗修改了："两岸青山关不住，游车已过万重山。"深情地欣赏青山绿水共为邻，转目于山下的那充满灵性的水带子，潺潺流动，在坎坷处唱出美妙的旋律……

顺理成章地进入景区，坐上观光车，饱览神奇的景色，一个"好"字又怎够，再加一个"妙"字，还不够过瘾。于是，很想让自己也融入这美妙之中。

几分钟之后，便进入了"冒险大比拼"的环节——坐缆车。

看着红红绿绿的缆车，摇晃，手腕粗的钢绳也摇晃，与地面夹角超过六十度，布于沟壑上方，有几处，从山崖间跻身而过，令我心惊胆战。

这一望，令我浑身颤抖，筛糠般。下面是看不到底的山谷，树木紧依山体，顺势而生，陡峭中见险峻。

缆车大约过了九个杆柱，才到达目的地。说不清是一种轻松，还是一种惊悚。

我站在山崖边，回看这惊心动魄的山程，颇有成就感。

开启爬山模式。山下如日中天，山中、林间，偶有稀疏的光漏了下来。没走多远，便到了石钟乳那里，看着形态逼真、自然神奇的景象，顿觉大自然包罗万象、鬼斧神工。

带着对大自然的叹服，进入龙王洞，见到了石寨里有张"八仙桌"，众友提议，仿照古人，在此对弈，立刻得到赞同。

有人借手机里的古筝曲助兴，俨然穿越到古代。

在快节奏的今天，难得有此雅兴，落座于石凳子上对弈，楚河汉界已不足贵，大家惺惺相惜的是，在红尘里觅得短暂的安宁。

林间湿度很大，青苔裹满树干。近乎一尺厚的青苔更是少见，于是便有女友慨叹："这里的女人皮肤一定很好，估计是水灵灵的。"

大家陆续步入南天门，顿时被眼前的仙境迷醉双眼。草甸一望无垠，满目翠绿；山坡连绵起伏，弧线优美，像一首缠绵的曲子，又像一个恋人依依不舍的神态，更像一位酒仙醉眼朦胧……

眼前的绿草有一尺来深，我不由得涉足其中，那种软绵绵的感觉，怀疑自己是走在绣花毯子上，远处粉色的花朵，葱黄的点缀，如同翩翩起舞的彩蝶。

莫非自己果真是那"香妃"，惹得彩蝶闻香识途。

我便轻轻地侧卧在草甸上，呼吸着潮润的芬芳，迷恋着风吹草浪，如同荡起的层层涟漪。甚至怀疑脚下、身旁长的是忘忧草。

中午，近十二点，草甸和苍穹连接处，竟然有一股淡淡的云烟飘散开来，四处蔓延，向我们这边来了。

色彩渐变，淡蓝色过渡到了灰白色，层次分明，像是水墨画。

于是，我们便决定，露宿在草甸。

我在紫柏山的感受颇多，心田上的浮尘被荡涤精光。次日回来后，便信笔填词一首《蝶恋花·紫柏山》，作为旅行的落笔。

紫柏山巅天渐晚，
落照林间，
野树侵苔藓。
着意清幽云景现，
露珠湿了衣裳半。
爱此青葱柔似毯，
不忍成眠。
璀璨星辰闪。
暮晓烟岚长久散，
魂牵梦绕苍穹赞。

醉美凤凰湖

凤凰湖，相传有凤凰在此歇脚，故名曰凤凰湖。凤凰是神秘之鸟，虽说谁也没见过，确实属吉祥之鸟。因而，凤凰也就成为这里的图腾了。

凤凰湖就在我的家门口，每次上下班或购物都会与她相约。

夏季，她显得更加妩媚动人。湖中碧波荡漾、涟漪圈圈。一阵清风扑来，吹皱了宛若绿绸缎的水面，更有几分娇羞，恰似一位妙龄少女，颔首垂眼，惹人怜惜。于是，我经常会倚栏凭望，看着凤凰湖里的后浪推前浪的场景，感悟人生就是一场竞赛。

"有朋自远方来，不亦乐乎"，陪友，览赏了凤凰湖。

闲庭信步于湖畔，圆形灯饰，镶嵌在湖两边的栏杆上，和暗红的钢制栏杆构成一种和谐的主调。地上条形大理石上，有昨晚风吹喷泉散落的痕迹，倒也有几分湿润润的感觉。

转眼，太阳开始偏西，乘着血色夕阳来到凤凰湖畔，顺着岸边一直往西走，惊奇地发现：这里的湖水流向是自东向西，与别处截然相反。这大概算是凤凰湖的一个独特魅力吧。

走了百十米远，就会感觉自己俨然是在画中游。

盈满眸子的霓虹灯，不停地眨巴着明眸，眼前的汇丰廊桥与我身后的凤凰湖廊桥遥相呼应，像是一对恋人，保持着不远不近的距离，似乎大有"距离产生美"的感觉。

北岸上的诸葛亮、三国栈道等塑像栩栩如生，为游人展示这座山城的历史渊源。然而，最让我喜欢的还是那一行碧柳，宛若长发飘飘的妙龄女子，那婀娜多姿的身段，甚是招人喜欢。晚风吹拂，她多情地舞动起来，好像在轻轻抚慰着我的心。

每次走到这柳树下，"碧玉妆成一树高，万条垂下绿丝绦"的意境顿然浮现，我便情不自禁地伸手去抚摸一下她的"发梢"，感受她的温柔。慢悠悠地穿行在这柳树下，张开想象的翅膀，那种惬意，只可意会不可言传。

转头看看凤凰湖里，更是热闹非凡，小船大舫仙游一般，悠悠地在湖面轻摇。尤其是那画舫，全身经过灯盏亮化勾勒后，你很难辨别出它是在山城的凤凰湖畔，还是在秦淮两岸。耀眼的红色、绿色光芒划过黑夜，相互交织、相互辉映，更加绚烂，"五彩斑斓"这个词语，用在这里恰到好处。

我的双眸还未过瘾，一曲曲歌谣又灌进了我的耳朵。原来画舫里有人亮出了自己洪亮的嗓音，唱出最煽情的歌儿，等候另外一只船上的人儿对接，就这样，情歌穿过空间，在两只画舫上深情对接着。

听到这里，我便想起了当年在影片中见到的刘三姐对唱的场面，不知道今晚哪位男子的歌声能赢得对面画舫中女子的芳心。

此刻，凤凰湖南北两岸的灯饰泛出七彩光芒，将整个凤凰湖映照得璀璨绮丽、异彩纷呈。水幕电影随后闪亮登场，四龙戏珠的造型，别具一格。球形的水幕，游人可从不同的角度看到电影画面，这种人性化的设计，将艺术延伸得更远，更摄人心魂。

我还沉浸在美景当中的时候，忽然临岸的音箱里放出嘹亮的歌声来。哦，原来是凤凰湖廊桥东侧的胜景相继而来。这下，我只能忍痛割爱，朝东边慢慢走去。只因这边有个重头戏即将隆重开场。

　　音箱里具有羌族特色的音乐袅袅响起，把我带入了一个浓郁民族风的美妙意境中。我忽然想起我有次在县城火车站上车，因为戴了一对黑褐色的三心耳坠，被人误以为我是羌族。可见，这里的羌族特色，已经融入了我的生活中、游人的心里。

　　远望凤凰湖南岸的山体，全部被人造星星灯点缀，像无数个孩子眨巴着他们的眼睛，却不说一句话，任由你想象他们的模样。山巅一轮人造月亮，或圆或缺，不停地变幻着。"人有悲欢离合，月有阴晴圆缺"大致就在这里演绎出来了。若将星星月亮合在一起，果真就是山城版的"星月神话"了，它让我仿佛置身于仙境。

　　忽然，东边山巅上一束绿色的射灯光一泻千里，斜铺在凤凰湖中，顿时掩盖了大半部分湖面。与南北两岸的彩灯相互融合在一起，细看才发现这些灯还在做着一百八十度的转弯，将白天凤凰湖的碧波全部"染"成了七色。

　　时间全部淹没在这魅力无穷的凤凰湖了，不知不觉已经九点半，到了欣赏凤凰湖夜景中最为精彩的篇章了。大多数人，就是冲着欣赏这大型音乐喷泉而来的，我也不例外。

　　虽然我是当地人，而且住在凤凰湖畔，站在自家阳台上就可以看见最扣人心弦的那一部分。然而，只是掀开冰山的一角罢了。现在，站在湖畔，欣赏今年"五一"改版后的喷泉，还是头一遭。

　　故，我凝神屏气地观看着。

　　喷泉表演有着精湛的解说词，融古风与现代格调为一体，让人感受到凤凰湖和小县的独特魅力。喷泉表演共分为五个篇章，章章相连，逐渐升华。从一开始，给人耳目一新的惊艳，到摇曳多姿、变化多端的喷泉造型，给人一种全身心的惬意享受。

海鸥状的喷泉，让我幻想到海鸥已经悄然降临到凤凰湖，眼前的湖似乎早已是海，要不怎能引来海鸥无数？他们振翅欲飞，或结伴，或单飞都是一道不可或缺的风景。静静的湖面有了这几只海鸥，便有了灵气，动中有静，静中有动，动静互补，完美结合。此刻，廊桥的屋顶上也打出配合喷泉的电子图案来，交相辉映，相得益彰。

海鸥让我的想象力一下子展开了，心中在想，这水精灵就是容易让人产生幻觉。忽然，海鸥不见了，一条火龙跃升，扭动着身躯，做着腾飞状。银白的水世界里多了一种抢眼的颜色，这大气磅礴的气势，将小城人的豪爽大方、满怀豪情演绎得精妙绝伦。

最后一个篇章将音乐喷泉推向高潮，游人的手机、摄像机等装备纷纷登场，"咔嚓"不停。这号称"亚洲第一高喷"的一百八十米的喷泉，银色的水柱里闪现着几个大红字"凤县欢迎您"！

看着那水柱随着音符一点一点的升高，最后达到巅峰的时候，游人全都惊呼："哇，太神奇啦，这么高啊"！我也抓住时机和朋友合影留念。只听朋友说，"我真羡慕你住在这凤凰湖畔"。我告诉她："我的好多作品都是因为这凤凰湖畔触发灵感写出来的。"就在我们说话的当儿，一只金色的电子凤凰从水柱里振翅而过，飞向凤凰湖廊桥的屋顶。

我们沿凤凰湖东边又向西走，打算送她回宾馆，快走到廊桥头的时候，她发现了右侧的五彩池水竟然那么美丽，一定要让这美景留在自己的手机里，我欣然答应了。伴着身后音箱里的《难忘今宵》，我们迈着轻盈的步伐，三步一回头，向廊桥上走去……

凤凰湖的夜景，如诗如画，美轮美奂，让人陶醉在其中，流连忘返。假若你舍不得离开凤凰湖，那就落座于西边的烧烤市场，在晚风轻拂之下吃几串烤肉、喝个小酒，享受与朋友话友情、聊人生的惬意。

凤出秦岭经山城，留下美景世人惊。凤凰湖的夜景，你让我痴迷，今重新以仰望的姿态与你近距离接触，深切地感受到了你醉眼醉心的魅力。哦，凤凰湖，你俘获了我的眼眸，醉了我的心怀……

行走在这座城市中

1

去年年底，我一个人在家里憋得慌，想出去转悠转悠，阴差阳错的来到了市上。可能是好久没有来的缘故吧，感觉这里的桥梁、建筑物、店铺都有些生疏了。猛然间，我找不见自己的位置了。就在我目光所及之处，看到了经二路上的红绿灯，索性就顺着人行道，缓缓地前进，步行去火车站附近的苏宁店。

买完东西，总觉心里空落落的。于是，便打算出去随意走走。我拎着提包，走了几十分钟后，感到手腕酸困，干脆就将它挂在臂弯。穿着黑色的大衣，披肩发随意散落在肩，波浪大卷在风中微颤，或许这就是穿行的节奏。脖颈上的草绿色丝巾时不时地和我捉迷藏似的，吹起的一角遮住了我的面庞，酥酥的感觉。慢慢地寻觅在城市里穿行的感觉，嗅到了一种钢混的味道。

书香，我情有独钟。于是，我便迈着轻快的步伐去了书城。进去之后，忽然觉得有些懵，该朝哪个分类区走呢？一时间，心里没谱了。转悠了一圈后，还是在我钟情的文学区停了下来，随意翻看，最后买下一本小说，准备坐在书城的长凳上"大快朵颐"。

　　朋友打电话有事，我只能离开书城了。往出走的时候，我下意识地要把书放下，腾出手来，这才发现：我的提包太小，不能把这两本书同时装进去，只好将它们抱在怀中。

　　依然是步行。城市里川流不息的车子、人流，在我的眼边掠过。我站在天桥上，望着他们，忽然觉得很失落，真像一叶浮萍，那么缥缈，那么虚无。一阵唏嘘后，从天桥上走了下来，继续在商场前面的步行街上穿行。任凭左右两排高楼之间夹着的风儿，肆无忌惮地将我的头发、丝巾卷起、落下；怀中的书，在风中轻轻地散发淡淡的墨香，顺势进入我的鼻腔；脚上的高跟鞋，踩着方形地砖发出的足音，有着舒缓的节奏……来到这个并不熟悉的城市，似乎也没觉得什么快节奏的生活，反而让我觉得像是一次旅行。

　　我不由得放慢了步伐，欣赏了一下自己。一副放松的姿态，貌似拥有了书籍，心就完全沉了下来，感到踏实。

　　一座城，一个人，穿行在这里。我喜欢简约，可是今天无意间，却让我知晓了此刻自己的年龄。脚下的步子更慢了。不知不觉来到了商场，看着今年流行的淡色系列女装，要么太嫩，要么裙子太短，似乎找不到我钟爱的款式。暗自说：承认自己老了吧。

　　一直喜爱高跟鞋，便由着性子去了女鞋专区，转悠了半天，也没拿捏好。最后，连我自己都笑了：这个城市，没有我的位置，也就罢了；来买衣服、鞋子，也未能有心仪的。

　　不知从何时起，我已经不太喜欢独自去城市了，喜欢独居在秦岭以南的小城中，看四季更迭、赏夜色旖旎、灯火阑珊，听风吟语……今日，却不知怎的，一个人来到这座城市。

看来，我还是对书情有独钟。在书店，毫不犹豫地买了喜欢的书，在商场却没有驻足的地方。其实，独自穿行在城市里，本就是一道独特的风景，给这个城市也增添了一抹亮色，一种特殊的韵味。

这座城市，或许已经习惯了它本身的味道：人与人之间的冷漠。猛然间，来了我这么一位大山里的女子，自然是将那种大自然恩赐的原汁原味带入，将山清水秀孕育出的灵气带去……或许它有些不适应。

2

曾记得有句广告词是这么说的："森林，让城市更加美丽。"估计着，这些森林都是人造的。在山城则不然，天然的森林是它的资源。生活在那里的人们，享受着天然氧吧，缔造着"小上海"的"星月神话"，小城自然成了这座城市的后花园。

就在我沉醉在对山城的美好回味的当儿，手中的一本书滑落在地。我急忙弯腰去捡，搭在脖子上的丝巾两端，也跟着落在地上，我顾不上那么多，但不能丢了我的书。忽然，一只大手出现了，我本能地抬头仰望对方。却发现是一张带着些稚气的脸庞，我的"谢谢"刚出口，他却笑了，用一句"不客气"回复了我。看年纪，他也就二十来岁。

他告诉我，他也很喜欢我买的那本小说，刚看完。我不由得有些心动了，想问他这本书的主旨，可又觉得在这座城市里遇到了陌生的人，不该这么没礼貌，所以，刚到嘴边的话，被我活生生地重新咽了回去。

他大概看出了我的顾虑，告诉我，他来这座城市办事，没想到遇见了我。后来得知，他也爱好文学，这一下，心距拉近了，胆子似乎也大了。他约我去对面的"必胜客"喝咖啡。

坐在临窗的位置，一边啜饮杯中的咖啡，一边观看窗外的风景。我也看到了那座天桥。这会才真正地体味卞之琳《断章》里的句子："你站在桥上看风景，看风景的人在楼上看你……"对面的他，告诉我，他出版了一本小说，我很好奇，想讨上一本来拜读、学习。他爽快地答应了，说是在这座城市里能遇见我，本就是一种缘分，又都是喜欢文学的朋友，缘分更深。

原本的落寞，却成就了这么一段缘分；原本的过客，却在这座城市里结识了文友；原本的陌生，却在这座城市里重新刷新了曾经的印象。

或许是年近四十的缘故，总会触景生情。从今天独自来到这座城市，到这会儿与文友谈论，让我的情绪也来了一个大转弯。不过，还得感谢书籍，让我淡忘了自己来这座城市的陌生感，让我忽略了路旁法国梧桐的光枝丫给我带来的伤感，让我的内心减弱了对这座城市的混凝土印象……

以前也来过这座城市，改变不了的事实是来去匆匆，很少在这里寄宿。然，今天破例一回。晚上就住在经二路，这一条最老、最繁华的街市。站在宾馆的窗前，感受霓虹摇曳的梦幻，聆听咖啡馆里飘出来的钢琴曲……有人说，我很有小资情调，我不懂这些，我确实想体验穿行在这座城市里的微妙感受。

在这座城市里，看不到月亮。闯入眼帘的是屹立在夜色中的路灯，建筑物、天桥上的亮化装饰灯，还有来来往往的车灯，它们既独立而又相互联系，交织在一起，织就了这夜色中的城市。那些灯，单调地重复上一秒的节奏，将路面分成阴阳各半。

房子里的电视机依然在那里恪尽职守，津津有味地上演节目，我却无心欣赏。披上外套，围上丝巾，去外面感受风中的清冷……

看到地面上拉长的影子，感到它们是我影子的朋友，总算抵消了我内心的孤单。这个时候，真想点燃一支香烟，烘暖我的心房，将清风的凄冷驱散。然而，我没有那气魄，只有把双手装进衣兜里，慢慢地挪动步子。

下午和文友聊天的那个店铺还未打烊，信步走进去，点了一份夜宵，仍然少不了一杯咖啡。我对这里的"罗兰院长"咖啡，久喝不厌，感觉有它的原味，又不很黏稠，放进砂糖、奶昔，效果更好。爽滑的感觉，从喉咙滑过。顺手拿来一份杂志，漫不经心地翻了起来，忽然被一行文字吸引："陌生的城市啊，熟悉的角落里，也曾彼此安慰，也曾相拥叹息……"我有意识地重复看了几遍这几行文字，在记忆中搜索，模模糊糊地记得这些应该是李宗盛的《漂洋过海来看你》当中的歌词。

　　我顺口请服务员在广播上播放这首歌，她欣然应允。

　　独自穿行在这座城市，没有呼朋唤友，却意外与文友相识；没有在女装、鞋子的流行前沿收获一二，却在书香里找到我的归属。穿行在这座城市，没有找到心目中的感觉，多少有些遗憾。是呀，我遗憾什么呢？我想找寻什么呢？人，为什么总是对未知的事情充满憧憬呢？